AF438830

2084

Crónicas del pasado, presente y futuro

T. G. LITUC

EDIQUID

2084
Crónicas del pasado, presente y futuro
© T. G. LITUC

Editado por: Corporación Ígneo, S.A.C.
para su sello editorial Ediquid
José Olaya 169, Ofic. 504, Miraflores. Lima, Perú
Primera edición, agosto, 2024

ISBN: 978-612-5160-40-9
Tiraje: 5000 ejemplares

Hecho el Depósito Legal en la Biblioteca Nacional del Perú N° 2024-08002
Se terminó de imprimir en agosto de 2024 en:
ALEPH IMPRESIONES SRL
Jr. Risso Nro. 580 Lince, Lima

www.grupoigneo.com
Correo electrónico: contacto@grupoigneo.com | Teléfono: +51 955 071 270
Facebook: Grupo Ígneo | X: @editorialigneo | Instagram: @grupoigneo

Colección: Nuevas Voces

Dedicado a mi familia sin cuyo valioso aporte no hubiera podido cristalizar esta obra.

Contenido

Presentación

La presente obra se sitúa un siglo después del futuro imaginado por G. Orwell en su novela *1984*. Orwell imaginó un mundo dominado por tres naciones en conflicto permanente, y en cada una de estas naciones el gobierno era ejercido de manera dictatorial por un partido político único, el cual ejercía un férreo control sobre los ciudadanos, tanto en cuerpo como en mente, siendo relevante la figura del Gran Hermano.

Los avances tecnológicos alcanzados hasta ese año permitían al Partido ejercer dicho control sobre todos sus miembros, los cuales ocupaban todos los cargos de administración del estado.

El protagonista de la novela, que tiene sus dudas sobre la labor que realiza y sobre las cosas que el Partido menciona como sus avances, tanto en lo económico como en lo social y sobre la guerra con sus enemigos, sostiene una relación clandestina con una miembro del Partido, también con las mismas dudas. Juntos buscan un libro secreto que, según conocen, es escrito por un grupo disidente y que explica cómo se llega a la situación actual.

Lo que pasa después no es materia de esta presentación, y para los que no han leído *1984*, recomiendo con mucho énfasis que lo hagan.

2084 lleva ese título como un homenaje a G. Orwell, y al igual que *1984*, imagina un futuro posible basado en el actual desarrollo social, económico y cultural.

Contrario a *1984*, la presente no es una novela, ni tampoco un ensayo o una crónica tal como usualmente se define, aunque recoge elementos de estos tres estilos literarios; de la novela recoge los elementos de descripción de sucesos, más no cuenta con el clásico planteamiento, nudo y desenlace de cualquier novela; de crónica porque relata de manera cronológica hechos que ocurrieron previos al 2084 y que conllevaron a la situación en ese año; y de ensayo, porque a través de los personajes, y teniendo como contexto lo relatado en el elemento de crónica, se reflexiona acerca de la situación existente.

En tal sentido, esta obra se acerca bastante a la corriente literaria denominada ficción realista, con la salvedad de que enlaza los hechos pasados con la visión sobre el futuro inmediato, es decir, genera una continuidad entre el pasado y futuro (lo cual es la norma en la historia, ya que todo lo que ocurre en un momento determinado es consecuencia de los sucesos anteriores). Así, el lector, en cada uno de los dos primeros títulos de esta obra, se encontrará situado en el futuro, como si estuviera leyendo una crónica de diversos temas pasados.

Cabe señalar que los hechos que se describen hasta el año 2023 son rigurosamente ciertos (obviamente con la interpretación del autor) y sirven de base para los hechos posteriores, obviamente ficticios. Es de señalar también que, aunque implícitamente se da por sentado que, a nivel global, continúan las mismas divisiones geopolíticas (es decir, en 2084 continúan existiendo las mismas naciones que en el 2023), no se menciona a ninguna nación en específico. Corresponde al lector juzgar si lo que se describe es aplicable a su propio país.

El propósito de la presente obra es generar, más que conciencia, polémica, sobre todo entre los jóvenes, acerca de lo que queremos para el futuro de la humanidad.

Los avances alcanzados a la fecha nos avizoran, con un uso correcto de los mismos, un futuro promisorio; sin embargo, la historia de la humanidad nos ha demostrado que casi siempre los avances no han sido utilizados en beneficio de la población. Toca a las generaciones venideras evitar que continúe esta tendencia, y la única manera es mantenerse informada sobre los avances y su uso racional.

En esta obra, el autor pretende mostrar, con los muchos o pocos conocimientos que posee (según el lector juzgue), un posible futuro para los próximos sesenta años. En el 2084, la realidad, como siempre, será más sorprendente.

Introducción

Esta obra está dividida en tres partes, las cuales, para facilitar su comprensión, denominaremos Títulos, aunque técnicamente no lo son.

Los dos primeros están escritos a modo de crónicas y el último a modo de relatos. Todas las crónicas tienen como fecha final el año 2060. El Título I se denomina «Proceso de desarrollo político, económico y financiero al 2060», y está subdividido en cuatro capítulos. El primero se refiere al desarrollo de la geopolítica a través de la historia; el segundo, a las formas y modos de gobierno; el tercero, al avance en la creación y uso de la moneda digital por parte de los gobiernos y a los efectos que este desarrollo produce en la vida cotidiana de las personas. El cuarto se denomina «Evolución del comercio global y el Nuevo Orden Económico mundial».

El Título II tiene por nombre «Proceso de desarrollo sociocultural y de los movimientos sociales al 2060», y como su nombre lo indica, trata aspectos referidos al devenir del mundo en sus aspectos sociales y culturales. Tiene a su vez cinco capítulos. Los dos primeros: «El movimiento ecologista» y «El movimiento feminista», presentan una crónica sobre el origen de estos movimientos y su proceso hasta el año 2060. Los Capítulos III y IV, denominados «La educación» y «Los deportes», son una crónica de los cambios que se van produciendo en los aspectos indicados a lo largo de los años, producto de los nuevos paradigmas surgidos.

Por último, el Capítulo V habla sobre «La pobreza en el mundo», de lo que ella ha representado en el pasado, del actual presente y de lo que podría suceder en este tema en los próximos 40 años.

Cierto es que una sociedad está formada por el conjunto, estrechamente ligado entre sí, de aspectos económicos, políticos, sociales y culturales, y que cada uno es resultante de los otros. Es decir, por ejemplo, las decisiones políticas solo se explican cuando se tienen en cuenta los aspectos económicos, sociales y culturales existentes en torno a esa decisión.

Dicho esto, debemos indicar que cada uno de los capítulos de estas crónicas, si bien se refieren a la misma época, pretenden, en lo posible, que puedan ser leídos de manera independiente. Es decir, no es necesario leer todos para comprender cada uno de ellos. Obviamente, se debe tener en cuenta lo mencionado en el párrafo anterior.

El último Título III se refiere a relatos de la vida de dos personas, un hombre y una mujer, nacidos ambos en el 2060, y da continuidad a los acontecimientos descritos en las crónicas, y de cómo los cambios mencionados en estas condicionan su modo de vida. En estos casos, sí es necesario haber leído las tres crónicas para entender el modo de vida de los personajes hasta el año 2084.

En esta obra, los personajes no se conocen y no se conocerán en ningún momento; únicamente es la vida corriente de dos personas corrientes, sin ningún aspecto extraordinario, como sucede con más del 90 % de la población mundial, que son, finalmente, en quienes deberíamos estar interesados.

No esperen, por lo tanto, romance, intriga, acción o drama, salvo que el lector considere como dramática la vida corriente que esta obra imagina en el año 2084.

Al leer las crónicas, notarán que todas culminan con un interrogante implícito: ¿qué sucede en adelante? Los relatos de la vida de los personajes pretenden responder esta interrogante hasta el año 2084. Para ello, este título está dividido en dos realidades alternas denominadas «Claridad» y «Penumbra», y ambos consideran dos capítulos que llevan los nombres de los ya mencionados personajes.

En el primer escenario, se considera la vida de los personajes en un entorno en que la interrogante anterior se desarrolla de manera positiva.

El segundo, por el contrario, nos presenta cómo sería su vida ante una respuesta negativa a la pregunta.

Finalmente, algo que se ha procurado a lo largo de cada uno de los capítulos es ser lo más sintético posible, sin por ello afectar lo esencial del tema en cuestión, en especial respecto a los sucesos anteriores al 2024.

Soy un convencido de que la mejor manera de transmitir el conocimiento y despertar el ansia de saber más es presentar de manera clara, concisa y precisa los resultados de un estudio en particular, cualquiera sea su extensión o densidad.

Obviamente, como cualquier otro fruto del quehacer humano, siempre hay un elemento de subjetividad en su creación, y esta obra no está exenta de ella; el lector podrá estar de acuerdo, o no, con algunas de las interpretaciones que aquí se hacen sobre la conducta de la humanidad, pero ello siempre ha estado sujeto a la polémica, y es lo que estas páginas buscan propiciar.

Sin más que decir, dejo al lector en la lectura de esta obra y a los comentarios y críticas que le suscite.

TÍTULO I

Proceso de desarrollo económico financiero al 2060

Capítulo I
Geopolítica a lo largo de la historia

El devenir del tiempo en la historia de la humanidad nos ha mostrado un hecho recurrente: siempre ha existido en todas partes del mundo, y en casi todas las épocas, una etnia, raza, grupo social o nación que se siente predestinada a gobernar a los demás.

En los tiempos prehistóricos, las tribus buscaban ejercer su predominio sobre otras por motivos de supervivencia, estableciendo su soberanía sobre los territorios de caza, pesca o recolección.

Es conocido que, en los tiempos antiguos, todos los fenómenos naturales solo encontraban una explicación entre los pobladores: eran generados, provocados, causados o impuestos por una deidad o deidades. Por ello, las tribus empezaron a generar formas de agradecimiento o apaciguamiento a dichas deidades y el consiguiente respeto a las mismas.

Con el pasar del tiempo, las tribus se hicieron sedentarias, pero mantuvieron la idea de controlar el territorio en donde desarrollaban sus actividades y, de ser posible, expandirlo.

La tribu dominante o, mejor dicho, el clan dominante, que ejercía poder absoluto sobre sus dominados, en algún momento, de acuerdo con su grado de desarrollo o de expansión territorial, fomentó la idea de haber sido elegidos por la deidad a la cual adoraban para llevar a cabo sus designios y gobernar a sus congéneres.

Este esquema, por extraño que parezca, se repitió en casi todas las grandes civilizaciones de la Edad Antigua, muchas de las cuales no tenían contacto alguno cuando desarrollaron esta forma de control.

Mientras estas civilizaciones permanecieron relativamente aisladas de otras que tuvieran un desarrollo económico-militar similar, el esquema se mantuvo durante décadas o centurias. Sin embargo, la naturaleza de estas civilizaciones era la continua expansión de sus territorios, llevados por la convicción de su destino manifiesto, el cual debía ser permanentemente recalcado ante sus súbditos.

Así, el choque entre civilizaciones, llámense reinos o imperios, era inevitable y el ganador normalmente erradicaba por completo a la casta dominante rival e imponía al resto de los conquistados su forma de vida, incluyendo sus creencias.

Sin embargo, en muchos casos, la forma violenta y represiva de esta conquista, que se traducía en esclavitud y miseria para los conquistados, generaba un ánimo permanente de insurrección por parte de estos últimos.

Con el paso del tiempo, algunos imperios tomaron en cuenta este problema y empezaron a relajar su dominio, aceptando mantener las costumbres y creencias locales, siempre que ello no menoscabara su poder.

Con todo, la Edad Antigua vio surgir y caer varios reinos e imperios; en el caso de estos últimos, la vastedad de estos hacía imposible mantener un control efectivo del territorio y la población, y su división en provincias, o como quiera que se le denominara, aumentaba la posibilidad de su fragmentación, lo cual efectivamente se produjo, sobre todo en Europa y Oriente Medio.

Aparte de los problemas logísticos, otro hecho fundamental en la caída de reinos e imperios fue la incapacidad de trasladar a la población los beneficios que pudieran obtenerse de las conquistas. Por muy grande y rico en recursos que fuera el territorio, solo un porcentaje muy pequeño de la población disfrutaba de ello; el resto, más del 90 % de la población, vivía en situación de pobreza o miseria.

Por otro lado, el surgimiento y expansión de las grandes religiones monoteístas (judaísmo, cristianismo, islamismo y budismo) introdujo un nuevo elemento en la esfera del poder. Decíamos que el clan en el poder se aprovechaba del misticismo del pueblo para difundir la idea de que ellos eran enviados de los dioses para gobernarlos siguiendo sus deseos. En estas primeras etapas, la religión estaba al servicio de los gobernantes, reforzando esta creencia en el pueblo.

Más adelante, la religión empezó a tomar mayor fuerza, y en algún momento dejó de ser un simple comparsa del gobierno de turno para convertirse en el poder efectivo. El gobernante seguía siendo el representante de Dios en la Tierra, pero sus actos estaban condicionados a lo que los sacerdotes interpretaran en los libros sagrados.

La influencia de la religión en la Edad Antigua y buena parte de la Edad Media fue tan grande que prácticamente todos los actos generales de política interna y externa de los reinos e imperios estaban dictaminados, según los sacerdotes, por la voluntad de Dios.

Y, por la voluntad de Dios, se iniciaban guerras, se conquistaban reinos y se mantenía a la mayor parte de la población en la miseria e ignorancia.

Hacia finales de la Edad Media, y sobre todo en Europa y parte de Oriente Medio, la influencia de la religión había experimentado un gran deterioro. Los avances científicos que cuestionaban ciertos dogmas religiosos y el desprestigio de la Iglesia católica, con el consiguiente cisma, conllevaron a una pérdida del poder de la religión en la esfera política, aunque continuó siendo utilizada por los gobernantes como un medio para controlar a la población.

Esto ya había ocurrido con el islamismo varios siglos antes y ocurriría con el judaísmo casi entrando en la Edad Contemporánea.

Esta decadencia del poder político de la religión fue sustituida por el nacimiento del concepto de estado-nación hacia fines del siglo XVII y principios del siglo XVIII; bajo este concepto se abandonaba definitivamente el régimen feudal y se establecían territorios delimitados por fronteras, integrados por una población mayoritariamente homogénea (raza, idioma, cultura, religión) y con un gobierno único en dicho territorio.

Este surgimiento del estado-nación tuvo un efecto decisivo en la caída de los imperios que existían hacia esas fechas. Desde la segunda mitad del siglo XVIII, algunas colonias iniciaron sus guerras de independencia, buscando formar su propia nación.

El proceso de descolonización perduró hasta bien entrado el siglo XX, en donde se podría decir que, formalmente, no existía colonia alguna en el mundo, aunque el control político y económico sobre algunas de estas continuó bajo otras formas.

Otro hecho importante fue la forma de gobierno que se estableció, o que ya estaba establecida en los estados. Hasta bien entrado el siglo XVIII, la forma de gobierno era la monarquía, por la cual el monarca era el gobernante absoluto y vitalicio, aunque en ciertos reinos (como Inglaterra) se establecieron limitaciones a ese poder («El rey reina, pero no gobierna»).

Con el paso del tiempo, y casi al inicio de la Revolución Industrial, en la mayoría de las monarquías los poderes del monarca habían sido recortados siguiendo el modelo inglés y, por otro lado, algunas naciones habían abandonado la monarquía para elegir a sus gobernantes mediante elección (aunque los electores eran mayormente los miembros con mayor capacidad económica o con mayor prestigio intelectual en la nación).

A pesar de los avances obtenidos en cuanto a la creación de los estados-nación, o quizás como consecuencia de ello, los conflictos entre naciones no disminuyeron. En todo el mundo las disputas territoriales continuaron siendo frecuentes y las guerras consecuentes siguieron produciéndose permanentemente.

Las causas de estas guerras, o excusas para las mismas, eran muy variadas, pero en el fondo todas tenían una misma razón: una nación se sentía superior a la otra y, por lo tanto, estaba destinada a gobernarla.

Hacia fines del siglo XIX, un nuevo elemento entró a tallar en la política nacional e internacional. Como se mencionó, hasta antes de esa época, los parlamentos constituidos en las naciones eran integrados por «notables», es decir, individuos que por su poder económico o intelectual eran designados por otros «notables» para integrar dichos parlamentos. La Revolución Industrial transformó esta forma de selección, ya que se introdujeron sistemas de votación para la selección de estos parlamentarios. Al principio, los electores debían tener algunas características (ser hombres, saber leer y escribir, etc.), pero con el tiempo, se estableció el voto universal.

Paralelamente a ello, los inicios de la Revolución Industrial, si bien lograron disminuir la pobreza en el mundo, también generaron ingentes riquezas a los denominados capitalistas, es decir, a los dueños de las fábricas. Esta desproporcionalidad de los ingresos entre los dueños y los obreros condujo al desarrollo de las ideas del denominado «comunismo», que propugna la propiedad común de los medios de producción y la eliminación de las clases sociales.

El inicio del siglo XX encontró al mundo en pleno proceso de eliminación de las viejas estructuras políticas, lo que culminó luego de las dos guerras mundiales. Esto tuvo como resultado un mundo dividido entre dos concepciones político-económicas diametralmente opuestas: el capitalismo y el socialismo, propugnadas principalmente por dos naciones, que a partir de finales de la década del 1940 y hasta finales de los 1980 condujeron al mundo a la denominada «Guerra Fría», que se manifestó en intervenciones políticas y económicas en diversos países del mundo y en conflictos de baja intensidad, relativamente hablando, en algunos otros.

Un dato a tener en cuenta es la creación de la ONU en 1945 (más conocido como Naciones Unidas), organismo creado con el propósito de (Capítulo 1, artículo 1, de la Carta de las Naciones Unidas):

1. Mantener la paz y seguridad internacionales...
2. Fomentar entre las naciones relaciones de amistad basadas en el principio de igualdad de derechos y de libre determinación de los pueblos...
3. Realizar la cooperación internacional en la solución de problemas internacionales de carácter económico, social, cultural o humanitario...
4. Servir de centro que armonice los esfuerzos de las naciones por alcanzar estos propósitos comunes.

Como se mencionó, los más de 40 años de Guerra Fría, y sus consecuencias económico-sociales, demostraron que los cuatro propósitos de la ONU no llegaron a concretarse.

La Guerra Fría tuvo un final totalmente independiente al esfuerzo de algún organismo internacional. El bloque socialista, manifestado principalmente por naciones de Europa del Este, colapsó rápidamente a partir de la década de los 80s, donde era evidente que la propuesta de economía socialista solo conducía al deterioro de la calidad de vida de la población. Esto, aunado a la política de transparencia adoptada y a la globalización de las comunicaciones, condujo a reiteradas protestas en diversos países del bloque. Algunos intentos de establecer un capitalismo de estado fracasaron y, a fines de 1991, el bloque dejó oficialmente de existir.

Se pensó en esos momentos que el mundo había dejado de ser bipolar y se convertía en unipolar, liderado por la nación que, en ese momento, era la más poderosa económica y militarmente, y que por lo tanto se consideraba como el árbitro del mundo.

Sin embargo, ya para ese momento empezaba a surgir una nueva potencia económica en el sudeste asiático que, con el correr de los años, disputaría la supremacía económica mundial.

Por otro lado, y ya a comienzos del siglo XXI, los problemas territoriales, religiosos y económicos volvieron a poner al mundo en una situación de conflictos permanentes, aunque siempre de pequeña escala, involucrando a naciones específicas, en las cuales se intervenía de cierta manera por parte de otra nación interesada. Aquí también el accionar de las Naciones Unidas fue totalmente ineficaz (de hecho, en las escasas intervenciones exitosas por parte de la ONU, se puede advertir que ello casi siempre se produce cuando ninguno de los cinco miembros permanentes del Consejo de Seguridad tiene algún interés en particular en la nación o naciones en conflicto).

Las continuas intervenciones en conflictos internos, así como intervenciones en el comercio internacional, desavenencias étnicas y religiosas que conllevaron a migraciones masivas de poblaciones afectadas, configuraban un panorama poco alentador para el desarrollo mundial.

Ya a fines de la primera década del siglo XXI, con el estallido de la crisis financiera internacional, iniciada en el país líder mundial y trasladada a casi todo el mundo, en especial a Europa, se empezó a notar que otras naciones no estaban dispuestas a seguir con el *statu quo* y comenzaron a tomar acciones para evitar la dependencia financiera de sus economías.

Así, la segunda década del siglo vio nacer la unión de una serie de naciones con evidente poderío económico, que empezaron a tomar acciones para liberarse del uso de la moneda que corrientemente se utilizaba como moneda de reserva. A partir de ese momento, aunque ya algunos lo mencionaban anteriormente, se empezó a decir que el mundo ya no era unipolar, sino multipolar.

Este tema continuó y se agravó durante la tercera década del siglo (conocida como la década perdida), en la que la guerra comercial, los conflictos sociales (étnicos, religiosos, culturales y políticos), los conflictos armados en distintas regiones del planeta (que por un momento pusieron al mundo al borde de una tercera guerra mundial, con características nucleares) y los problemas económicos (depresión e inflación) pusieron al mundo en un completo caos.

Si bien los conflictos de la década se resolvieron sin pasar a escala global, los acuerdos alcanzados no permitían avizorar una paz duradera, y por ello el gasto militar en las principales naciones continuó en incremento.

En las dos siguientes décadas (hasta fines de los años 40s), la guerra militar se transformó en una guerra económica, que revirtió el sistema de las finanzas internacionales. Algunos conflictos armados se produjeron, pero en menor escala y sin una mayor intervención de las grandes potencias, ocupadas en consolidar sus economías y evitando gastos que intervenciones en el exterior pudieran afectar.

A pesar de las transformaciones alcanzadas, en especial en el comercio internacional, todavía existía el ánimo en algunas naciones de ser la nación hegemónica en el mundo, aunque la realidad les indicaba que solo un suceso extraordinario (que ni ellos mismos se imaginaban) haría posible ello.

La década del 50 se inició con una serie de rondas entre naciones para tratar de llegar a un acuerdo en los principales aspectos internacionales. Una reforma de la ONU, que había demostrado su ineficacia a lo largo de los años, se encontraba en debate. Igualmente, cambios en el comercio mundial y el sistema arancelario y otros temas sociales estuvieron puestos a debate. Como siempre, los debates llevaron largo tiempo y tensas reuniones y, a finales de la década del 50, todavía no se avizoraba un consenso sobre los principales temas.

Un dato lanzado por algunos estudios indicaba que, desde los albores de la humanidad hasta la actualidad, han existido aproximadamente 120 mil millones de humanos; de ellos, el 85 %

habían nacido, vivido y muerto en pobreza, y aproximadamente el 20 % (unos 20 mil millones) habían muerto por la acción directa o indirecta de otro ser humano. Y, si bien en los dos últimos siglos estos porcentajes habían disminuido drásticamente, todavía existía un porcentaje de seres humanos afectados por estas condiciones, y esta era una trágica realidad que debería ser cambiada.

La década que se iniciaría en el 2060, sería crucial para ver si por fin las naciones se ponían de acuerdo en un destino común para todo el mundo, o si por el contrario la guerra económica escalaba a un conflicto de mayor intensidad.

Capítulo II
Las formas y modos de gobierno

Los seres humanos siempre han sido animales sociales, es decir, acostumbrados a vivir en comunidad y, por ende, a tener unas reglas que organizan esa vida comunitaria.

Como es obvio suponer, esas reglas son respetadas porque existe una autoridad que las impone; de lo contrario, el caos reinaría en la comunidad, toda vez que, por muy trágico que parezca, siempre existen seres humanos que violentan dichas reglas.

La organización tribal del principio de la humanidad siempre estuvo alrededor de un líder, hombre o mujer, que asumía el poder mediante diferentes métodos:

- Por la fuerza: el líder se imponía ante los demás miembros de la tribu utilizando métodos violentos, reduciendo o eliminando a sus rivales e imponiendo su voluntad ante los demás miembros de la tribu, lo cual se podría decir es el antecedente de la tiranía.
- Mediante el concierto de voluntades por parte de los miembros de la tribu, lo que a su vez tenía una serie de variantes:
  - El líder era elegido entre los miembros de la tribu a través de una serie de pruebas que demostraran su capacidad para el liderazgo, algo que se podría llamar gobierno ilustrado.
  - Un grupo especial de los miembros, los más sabios o con mayor experiencia (consejo de ancianos o algo similar), elegía al líder entre sus miembros (una suerte de gobierno parlamentario).

- En muy raros casos, el líder era elegido por la totalidad de los miembros de la tribu, lo que vendría a ser una suerte de democracia plena.

Con el correr del tiempo, la forma usual de gobierno en casi todas las grandes civilizaciones de la Edad Antigua fue la tiranía.

El tirano (llámese emperador, rey, soberano o cualquier otra denominación que implicara un mandato sobre el territorio que gobernaba y la gente que lo habitaba) tenía una serie de normas y dogmas, dictadas por las tradiciones y costumbres, que delimitaban sus reglas de mandato, pero lo cierto es que, como muchas veces sucedía, al final de cuentas era su voluntad seguir dichas reglas o cambiarlas cuando se le antojara.

Cierto es que en la Edad Antigua se gestó y aplicó en algunos reinos y ciudades-estado la democracia como método de gobierno, en donde los ciudadanos eran integrantes de una asamblea que elegía a sus autoridades y participaban directamente de las decisiones de gobierno, pero ello estuvo limitado a algunas pocas realidades, y con el paso del tiempo fue desapareciendo esta forma de gobierno.

En la mencionada Edad Antigua, la tiranía fue paulatinamente reemplazada por la aristocracia, el gobierno de un grupo de personas que supuestamente detentaban virtudes como sabiduría, experiencia, valentía y otras, que les conferían la capacidad para gobernar. Igualmente, con el tiempo, la aristocracia se convirtió en el gobierno de lo que se llamaría, más adelante, la nobleza (acepción europea, aunque lo mismo ocurrió en casi todas partes del mundo, con otra denominación).

Entrada la Edad Media, la forma de gobierno era la aristocracia, usándose el término tiranía para aquel gobernante que abusaba del poder, no respetaba las reglas e infligía daño a sus dirigidos, sea de la clase que sea.

El noble gobernante, cualquiera fuera su denominación (emperador, rey, sultán, wang, etc.), tenía el carácter de vitalicio y hereditario, y los nobles formaban parte de su corte, participaban en la toma de decisiones de gobierno y eran los encargados de ejecutarlas. Cierto es que, en esa época, los aristócratas eran los que detentaban el conocimiento y, por lo tanto, se creían con el derecho natural de gobernar a aquellos desprovistos de ello, pero eso no significaba, necesariamente, que gobernaran con sabiduría.

Esta última situación trajo como consecuencia que, en ciertos reinos (o naciones, como se les denominará más adelante), surgieran movimientos que buscaran limitar los poderes de los gobernantes. El primer ejemplo de ello fue la Carta Magna, en Inglaterra, que limitó el poder del rey («El rey reina, pero no gobierna»), y varios siglos después la redacción, en otros países, de constituciones que establecían los derechos y obligaciones de los gobernantes y los gobernados.

En particular, un hecho trascendente, que con el tiempo llevó al cambio del sistema de gobierno en casi todo el mundo, fue la Revolución Francesa. En ella, la Asamblea Nacional, instaurada a la caída de la monarquía, promulgó la Declaración de los Derechos del Hombre y del Ciudadano y estableció el sufragio universal (masculino).

El sufragio se estableció como el método para elegir a los gobernantes, y se convirtió en casi universal, sobre todo luego de la Primera Guerra Mundial, aunque ya algunos países lo habían implementado a fines del siglo XIX.

Así, el sufragio se convirtió en el método para elegir a los gobernantes, quienes ejercían el poder en orden a las reglas establecidas en la constitución del país.

La constitución definía, aparte de los derechos y deberes de los ciudadanos, la estructura política del gobierno, es decir, la forma como el estado se organiza para llevar a cabo sus funciones. En general, hubo dos maneras que adoptaron esta forma: una estructura parlamentaria, en donde los electores elegían a los miembros del Parlamento (llamado también Congreso en diversas naciones) y estos, una vez elegidos, elegían entre ellos al jefe del Gobierno, en algunos casos llamado presidente. La otra forma más común era que los electores elegían tanto al presidente como a los miembros del Parlamento o Congreso.

Un tema que inicialmente no se tomó mucho en cuenta en las primeras constituciones era lo referido a lo que más adelante se llamó el régimen económico, limitándose a mencionar algunos aspectos sobre las contribuciones públicas.

Sin embargo, el paso del tiempo hizo notar que un aspecto fundamental para el cumplimiento de las funciones del gobierno, cada vez más amplias, era el financiamiento de estas actividades y, por lo tanto, se convirtió en fundamental la forma como se concebía el funcionamiento económico del país.

Ya a fines del siglo XVII, en los albores de la Revolución Industrial, algunos pensadores empezaron a desarrollar teorías económicas que establecían, básicamente y hablando en términos económicos, que el éxito individual de algún emprendimiento, resultado del libre ejercicio del interés personal, produce un bien común a la sociedad. Este era un concepto aceptado casi por la generalidad de las naciones y, en base a ello, se adoptaron disposiciones en algunas constituciones (libertad para trabajar, derecho a la propiedad y otros).

A fines del siglo XIX y principios del siglo XX, algunos pensadores indicaban que, por el contrario, esta libertad propugnaba la explotación del trabajador asalariado y, por lo tanto, correspondía la expropiación del emprendimiento para ser transformado en una propiedad colectiva por parte del pueblo.

Estas dos corrientes de pensamiento, totalmente antagónicas, tuvieron el efecto de generar dos visiones distintas sobre el destino de la sociedad y, por ende, de su forma de gobernarla.

Volviendo a los inicios de la Revolución Francesa, es importante hacer notar que los debates en la Asamblea originaron los términos «Derecha» e «Izquierda» para denominar a una determinada corriente de pensamiento. Efectivamente, en dicha Asamblea, los defensores del mantenimiento de ciertas prerrogativas al rey se ubicaron a la derecha del presidente, mientras que los opositores a este mantenimiento se ubicaron a la izquierda, y en el centro se ubicaron aquellos que no tenían una posición definida.

Con el advenimiento de la Revolución Industrial, y en particular a principios del siglo XX, se empezó a utilizar estas denominaciones para identificar a las dos corrientes: eran de derecha los que consideraban que la libertad económica individual era la propiciadora de desarrollo económico (más adelante fueron conocidos como «liberales»); y eran de izquierda los que consideraban que, por el contrario, solo el trabajo en sociedad traía beneficios al conjunto de la población (más adelante fueron conocidos indistintamente como «socialistas» o «comunistas», aunque los pensadores que defendían esta posición hacían distingos entre estas dos acepciones).

A partir de allí, se produjo una suerte de lucha ideológica por implantar uno u otro modelo económico en los países, modelo que determinaba, hay que decirlo, no solo la forma de las relaciones económicas, sino también de las relaciones sociales y culturales del país.

Es a partir del fin de la Primera Guerra Mundial cuando algunos países empiezan a adoptar el modelo socialista o comunista, como se prefiera llamarlo, en algunos casos de manera violenta, y en otros, muy pocos, de manera democrática.

Acabada la Segunda Guerra Mundial, el mundo se encontraba prácticamente, políticamente hablando, dividido en dos: países de izquierda y países de derecha.

Esta situación continuó hasta casi fines de siglo, aunque, cabe mencionar, en ese período también surgieron algunas otras vertientes de gobierno: fascismo, nacionalismo, etc., que en realidad no basaban su ideología en la parte económica, sino en la parte social, utilizando para ello facetas como el racismo, el patriotismo, etc.

Como se mencionó, la mayoría de los países que adoptaron el modelo socialista lo hicieron mediante el uso de la fuerza y, de la misma manera, mantuvieron el poder. Por ello, se generalizó que los gobiernos socialistas o comunistas eran antidemocráticos, toda vez que la participación política estaba restringida a un grupo reunido en un partido político único, excluyendo cualquier oposición al mismo. No existían elecciones de carácter universal.

La situación cambió a partir de mediados de los 80s, cuando el mayor país socialista del Extremo Oriente decidió abrir su economía a la inversión extranjera, y luego, en Europa del Este, los países abandonaron la denominada economía socialista. Para esas alturas, en la mayor parte de los países que siguieron esta corriente ideológica, el hambre y la miseria, así como políticas represivas, habían conducido a más de 50 millones de muertos y la pobreza era general en casi toda la sociedad, ocultada por el efecto fantasma de las estadísticas, que hacía que las prestaciones sociales otorgadas por el gobierno encubrieran las cifras reales de la pobreza.

Varias de las naciones antiguamente denominadas socialistas adoptaron lo que se denominó capitalismo de estado, es decir, la nación permitía la libre empresa, pero el estado participaba dentro de aquellas empresas que consideraba estratégicas, a veces en forma minoritaria y en otras en forma mayoritaria. La antigua planificación estatal fue abandonada y sustituida por criterios de mercado, aunque el gobierno establecía incentivos para el establecimiento de empresas en sectores considerados estratégicos. Cabe señalar que ello no significó, necesariamente, que el partido abandonara el poder.

En lo que respecta a la otra corriente, se podría decir que la situación no fue tan dramática: la pobreza disminuyó con el consiguiente incremento del bienestar social, pero la desigualdad social se hizo más ostentosa. En efecto, para finales de siglo se estimaba que, en estos países, menos del 5 % de la población acaparaba más del 80 % de la riqueza, y esta era una cifra difícil de aceptar para la población que estaba en la pobreza o en los umbrales de esta.

Con todo, se podría decir que, para inicios del siglo XXI, las principales economías del mundo habían adoptado criterios de mercado para sus economías, aunque para los aspectos sociales y culturales existía una enorme variedad de criterios, lo cual era lógico, dada la diversidad existente en el mundo en estos aspectos.

Ya para esas fechas, y respecto a las diversas tendencias políticas existentes, se empezó a hablar de neoliberalismo, socialdemocracia, populismo, progresismo, neofascismo, nacionalismo y varias otras denominaciones. A las clásicas «derecha» e «izquierda» se les añadieron otras categorías para expresar la ubicación de estas tendencias dentro de esas dos corrientes. Así surgieron: extrema derecha, extrema izquierda, centroderecha, centroizquierda. Ahora bien, como estas denominaciones no tenían una clara definición (variaban según quien las utilizara), un grupo político podía ser a la vez de extrema izquierda, izquierda o centroizquierda, y lo mismo sucedía con la derecha.

Pero, al final de cuentas, todas estas corrientes se centraban en un tema concreto: la mayor o menor intervención del estado en la economía del país y el uso de los recursos públicos.

Aquellos que propugnaban un total control de la economía por parte del estado, muy similar a los años entre 1940 a 1980, pero ahora tomando el control mediante métodos democráticos (aunque después prolongaban sus mandatos variando, a su favor, las constituciones y leyes electorales), lograron implantar sus políticas en algunos países. Si bien ya no hablaban de economía planificada y se sujetaban a las reglas del mercado, esta mayor intervención estatal desincentivaba la inversión privada, y a la larga producía crisis económica, que se traducía en incremento de la pobreza en el país. Al principio, esta pobreza estaba encubierta por la abundancia de prestaciones sociales (el llamado efecto fantasma), pero luego el incremento real se hacía evidente al no poder sostener en el tiempo dichas prestaciones.

Por otro lado, los países con una economía liberal también encontraron dificultades en su desempeño en las primeras tres décadas del siglo. La excesiva liberalización, sobre todo en el sector financiero, condujo a una severa crisis económico-financiera en casi todo el planeta en el año 2008, y que se prolongó hasta inicios de la siguiente década. La creciente participación, encubierta pero no por eso menos efectiva, de grandes conglomerados empresariales en la toma de decisiones por parte de los gobiernos, conllevaba distorsiones en la economía nacional e internacional de dichas naciones, y como consecuencia de ello se seguía manteniendo, cuando no aumentando, la brecha de los ingresos en la población.

Algunas otras naciones desarrollaron una economía mixta (empresas privadas y empresas públicas a la vez), con mayor o menor énfasis en una u otra, y con resultados diversos, según la eficiencia en cada una de las ramas de la economía. En algunos casos, el relativo éxito fue conseguido en desmedro de políticas sociales respecto a los derechos individuales (formación de sindicatos, jornadas laborales, limitación a la participación política, etc.).

En muchos países, la democracia se había desnaturalizado completamente. Los que llegaron al poder por esta vía rápidamente cambiaron las constituciones para permitir la reelección indefinida del gobernante, quien a través del control del aparato de justicia y el aparato electoral, se aseguraba su permanente reelección.

Se puede decir que, para fines de la década de los 20s, no había país en el mundo que pudiera vanagloriarse de tener un sistema de gobierno eficiente y justo.

En las dos décadas siguientes, la coyuntura mundial, con la guerra económica y comercial entre las grandes naciones, conllevó a que la mayoría de los países mantuviera la opción de gobierno que estaba establecida a fines de la década del 20; salvo naturales excepciones, sobre todo en países de pequeña envergadura a nivel mundial, económicamente hablando, en donde la oscilación entre una y otra forma de concebir el papel del gobierno fue casi de rutina.

Cabe señalar, hablando de estos últimos países, que la convulsión social interna era permanente, incluso llevando, en algunos casos, al borde del fraccionamiento del país.

En la década del 50, con el inicio de las negociaciones respecto al comercio mundial, también se empezó a discutir cuál era la mejor forma de gobierno, en función a los resultados que se dieran respecto al comercio mundial. Estas conversaciones o negociaciones conllevarían toda la década y de su resultado se podría vislumbrar si por fin las naciones tendrían una forma de gobierno similar (con las naturales diferencias propias de la naturaleza, usos y costumbres de sus habitantes), o si, por el contrario, seguiría reinando el caos interno y externo en las naciones.

Capítulo III
La moneda digital y el control financiero

Durante los primeros años del siglo XXI, algunos grupos de tecnólogos de informática desarrollaron lo que se conoció *como* criptomonedas, monedas digitales basadas en bloques de cadenas (*blockchains*), lo que permite almacenar información sobre las transacciones que se realizan. Los datos de la transacción que se registraban en estos bloques eran inmodificables y secuenciales, es decir, la transacción dentro de un bloque debía tener un registro previo.

En un principio, los gobiernos vieron el tema como una curiosidad tecnológica, no dándole importancia alguna, considerando que la novedad pronto pasaría. Sin embargo, durante las dos primeras décadas del siglo fueron emitidas más de seis mil de estas criptomonedas y un importante número de personas comenzaron a invertir en ellas (a inicios de la tercera década se estimaba en más de 800 mil millones de dólares el tamaño de la inversión en criptomonedas).

Algunos gobiernos empezaron a tratar de regular este mercado, pero al ser transacciones en línea, se les hizo muy difícil controlar las transacciones, salvo cuando estas salieran del *blockchain*, es decir, cuando el inversor vendiera sus criptomonedas y las transformara en una moneda fíat (moneda emitida por el gobierno).

Hacia el año 2022, los gobiernos de varios países se interesaron por la tecnología de las monedas digitales y comenzaron a estudiar la posibilidad de emitir sus propias monedas digitales.

Aunque algunos gobiernos o autoridades monetarias de algunas naciones empezaron a realizar estudios para la factibilidad de emitir monedas digitales, fue recién en el año 2024 cuando una de las principales potencias decidió crear un grupo de trabajo que analizara las ventajas y desventajas de crear una moneda digital, no solo desde el punto de vista financiero, sino también económico, social y de seguridad interna y externa.

En este grupo de trabajo no solo participaron expertos en tecnología informática, sino también economistas (expertos en banca, tributarios y comerciales), sociólogos, expertos en seguridad (no solo informática, sino también policiales y militares) y, obviamente, políticos. El informe final de dicho grupo fue concluyente: la emisión de moneda digital debidamente codificada y manejada por el público mediante billeteras digitales de fácil uso, con adecuados mecanismos de seguridad y siempre que reemplace totalmente al dinero físico, traería inmensos beneficios tanto al gobierno como a la ciudadanía.

Entre las principales conclusiones estaban:

- Permitiría reducir el déficit fiscal al lograr que todas las transacciones que se realizan estén registradas y, por ende, sujetas al impuesto correspondiente. Es decir, se acabaría con la evasión fiscal.
- Facilitaría el comercio interno, dado que las transacciones serían seguras, ya que las mismas solo se registrarían cuando las partes hayan cumplido con su parte de la transacción. Igualmente, al quedar permanentemente registradas, cualquier reclamo sería fácilmente comprobable.
- Los delitos financieros también serían prácticamente extinguidos, dado que se sabría de dónde viene y adónde va el dinero (el clásico «sigue al dinero» elevado a su máxima expresión).

- La corrupción estatal podría reducirse casi a cero, ya que al estar debidamente codificado el dinero que recibe legalmente el funcionario público, la billetera digital no permitiría ninguna transacción (ingreso de dinero o bienes) que no estuviera debidamente sustentada, es decir, adquirida con el dinero legalmente recibido. Esto, unido a cambios precisos en el código penal, haría que la corrupción estatal sea fácilmente detectable y sancionable casi de inmediato.

- De la misma manera, en los robos, cualquiera sea su modalidad y cuantía, se tendría exactamente la misma facilidad para detectar al infractor. Dado que todas las transacciones deben estar registradas para ser ingresadas en la billetera digital, el ladrón de autos, por ejemplo, para poder vender el bien robado, tendría que tener la transacción previa que le otorga la posesión legal del auto, lo cual obviamente no tiene, y por lo tanto no es posible recibir dinero en la billetera digital (recuérdese, ya no existiría el dinero físico).

- Igualmente, el lavado de activos sería prácticamente imposible. Todo ello conllevaría una positiva mejora de la seguridad ciudadana.

La principal conclusión negativa fue:

- Posible pérdida total de la privacidad de los ciudadanos sobre sus transacciones.

- Ello conllevaría a que algunos (cantidad no estimada) prefirieran mantener sus activos (financieros y no financieros) en el exterior, de tal manera que solo quedara registrada la primera operación.

El tema de la pérdida de privacidad conllevó una gran discusión sobre los derechos civiles. Argumentos extensos de uno y otro lado fueron expuestos, pero al final se impuso el criterio de que el registro de las transacciones no conllevaba afectación alguna a la libertad de las personas de hacer lo que desearan con sus activos. Las personas eran libres de comprar lo que desearan, vender o regalar lo que quisieran o, inclusive, botar o destruir algo de su propiedad en el momento que se les ocurriera; lo único a lo que se les obligaría es a registrar esa operación.

Algo que fue investigado, pero no mencionado en el informe, fue lo referido a los grandes grupos económicos y cómo serían afectados por esta medida. Era evidente que el registro de las transacciones hacía peligrar las estrategias de negocios de grandes grupos financieros, toda vez que, por ejemplo, sus operaciones de inversión especulativa serían de pleno conocimiento, inclusive en tiempo real, para todos los que tuvieran acceso a dicha información (en principio, las autoridades monetarias, de valores y tributarias, pero dependiendo de las regulaciones que se pudieran establecer, podrían ser de conocimiento de cualquier ciudadano que se sintiera particularmente afectado por el accionar del grupo financiero).

Asimismo, al ser fácilmente rastreables, era posible detectar las contribuciones financieras de estos grupos en los partidos políticos y con ello disminuir su capacidad de control sobre el gobierno.

De hecho, varios años después se especuló que el retraso para implementar esta medida se debió a los lobbies realizados por estos grupos en las autoridades del gobierno (únicamente allí, ya que el estudio también concluyó que no era necesaria ninguna reforma constitucional ni una ley del congreso para adoptar dicha medida, ya que la Constitución facultaba al gobierno a establecer la moneda del país).

Otro de los aspectos que impidió la adopción inmediata de la moneda digital estatal fue el gasto eléctrico que significaba el minado de las transacciones, pero el gobierno consideró que el beneficio era muy superior al costo.

Así, ya avanzada la segunda mitad de la década (a fines de 2028), el gobierno implementó su moneda digital y estableció un plazo de un año para la total eliminación de la moneda física.

En los años siguientes, el gobierno (o los gobiernos que sucedieron) consolidaron la moneda digital y con ello la tecnología de bloques de cadenas. Muchas de las cosas previstas en el informe sucedieron realmente: la corrupción estatal desapareció, toda vez que las dádivas en dinero (sobornos) a los funcionarios eran imposibles de cargar en las billeteras digitales, y algunas otras formas de corrupción (regalos de bienes o servicios) quedaban registradas y, gracias a las cadenas de información, se sabía de dónde provenía la dádiva o soborno.

En lo que respecta a los hurtos, de la misma manera, el ladrón que asaltaba a un transeúnte no tenía manera de gastar el dinero robado o vender los bienes mal habidos (relojes, celulares, anillos, etc.) toda vez que dichos bienes estaban registrados a nombre de una persona y si la persona no participaba en la transacción era imposible vender el bien.

En un principio los criminales secuestraban a las víctimas y los obligaban a registrar las transferencias, sin embargo, si dejaban en libertad al secuestrado, este realizaba la denuncia y tan pronto se realizaba una transferencia con los bienes robados, se detectaba al criminal y se procedía a su detención. En el caso que se matara al secuestrado, se procedía a detener a quien haya realizado una transferencia con los bienes robados.

Otro de los resultados obtenidos, y esto no estaba en el informe, fue la disminución de la compra de drogas ilegales y con ello la disminución del narcotráfico. Ello se debió a que era fácil detectar al vendedor de droga al menudeo y, por supuesto, al comprador. Cuando se estableció una ley que penaba al consumo de drogas ilegales, la demanda disminuyó de una manera drástica.

Referente a la parte fiscal, efectivamente se eliminó la evasión tributaria, y a la par de ello, el gobierno notó que era innecesario la declaración de ingresos con fines del cálculo de impuestos, ello debido a que se estableció un mecanismo de cobro de impuestos para todo tipo de transacciones (al fin y al cabo, la moneda se inventó para facilitar las transacciones, y cualquier transferencia es una transacción). En efecto, al momento de registro de transferencia el sistema calculaba automáticamente el impuesto correspondiente, y procedía a realizar la retención y envío a las cuentas del Tesoro Público el monto retenido.

Con el paso de los años (entre el 2040 y 2050), el gobierno sofisticó el impuesto a las transferencias y eliminó todos los otros impuestos existentes por considerarlos innecesarios o redundantes.

Vistos los resultados obtenidos, muchos países adoptaron una tecnología similar, y con el paso del tiempo, mayor fue el número de países que desarrollaban todas sus transacciones internas mediante la moneda digital.

Obviamente, la discusión sobre esta implementación en estos países se centró, nuevamente, en el menoscabo de los derechos de las personas, en especial en la privacidad; sin embargo, los impulsadores de esta tecnología hicieron notar que, ya desde muchos años antes (a principios del siglo XXI), todas las personas que hicieran uso del sistema bancario estaban obligadas a demostrar la procedencia legal de sus ingresos por encima de un monto determinado. Dado ello, el uso de la moneda digital, lo único que hacía era incorporar a todos los ingresos percibidos, independientemente de su monto.

Hicieron notar también que el uso del dinero físico fuera del sistema bancario, dado el anonimato que permitía, estaba muy asociado a transacciones ilícitas (contrabando, operaciones comerciales ilegales, sobornos estatales, etc.), y también al blanqueo de fondos obtenidos por operaciones criminales (robos, secuestros, narcotráfico, etc.)

Al final, los impulsores de la moneda digital lograron imponer su criterio y, para inicios de la segunda mitad del siglo, pocos países en el mundo todavía no habían adoptado el sistema de moneda digital en forma total. Varios de estos países, dada sus dificultades de acceso a internet y electricidad, utilizaron un sistema dual (dinero digital y físico a la vez), mientras mejoraban estos sistemas (lo cual también era de interés de los gobiernos debido a las necesidades de la educación virtual).

Otros gobiernos, por el contrario, no hicieron mayor esfuerzo por implantar la moneda digital, y estudios realizados al respecto dieron como resultado que estos gobiernos o eran dictaduras o altamente corruptos (y en muchos casos se podría decir que estos términos eran sinónimos).

Así las cosas, para inicios de la segunda mitad del siglo, se podría decir que prácticamente todos los países del mundo habían eliminado el dinero físico y, al igual que en el pasado, la convertibilidad entre monedas funcionaba de manera eficaz, rápida y sencilla.

Bajo ello, se podía decir que todas las transacciones a nivel mundial estaban controladas por los gobiernos.

Con la mejora de las finanzas gubernamentales, debido a la sofisticación del impuesto a las transferencias que, sin desincentivar la inversión privada, permitía una escala impositiva que aumentaba el impuesto conforme el monto de ingresos.

Aunado a esto, se sumó la práctica eliminación de la corrupción estatal, por lo que los gobiernos tuvieron recursos para mejorar los aspectos trascendentales (básicos) a los que los gobiernos deben dedicarse, es decir, la mejora de la salud, educación, seguridad ciudadana, infraestructura y erradicación de la pobreza.

Sin embargo, si bien los cuatro primeros aspectos fueron mejorados, no lo fue tanto el último. Bajo ello, muchos gobiernos establecieron programas de ayuda social en la forma de transferencias de dinero digital, el cual solo podía ser utilizado para fines específicos: compra de alimentos (en algunos países incluso se indicaba qué tipo de alimentos se podía comprar), pago de servicios, bienes no suntuarios, vestimenta no lujosa, etc.

Con el paso del tiempo, en algunos países, estos programas sociales se incrementaron de tal manera que produjeron un efecto fantasma en la disminución de la pobreza. En efecto, las personas recibían o estaban inscritas en diversos programas al mismo tiempo, cubriendo con ello sus necesidades básicas o lo que podría cubrir con un ingreso mínimo si trabajara. Bajo ello, no existía ningún incentivo en estas personas para la búsqueda de empleo, prefiriendo vivir de la ayuda estatal. Sin embargo, una disminución de los recursos estatales, cualquiera fuera su causa, ponía en peligro la dotación de estas ayudas y, por lo tanto, el incremento inmediato de la pobreza.

En muchos países, el volumen de estos programas de ayuda social se incrementó a tales niveles que pusieron en riesgo la estabilidad de las finanzas estatales. Es por ello que algunos gobiernos establecieron un incremento de impuestos para las transacciones consideradas superfluas (por ejemplo, una segunda casa o un segundo auto).

Se podía decir que, en el 2060, los gobiernos estaban en capacidad de decidir, mediante la imposición de impuestos diferenciados a las transferencias, lo que las personas podían o no podían consumir, y en algunos países empezaron a iniciarse protestas respecto a esta capacidad de los gobiernos.

Capítulo IV
Evolución del comercio global y el nuevo orden económico mundial

Desde que la humanidad dejó de ser nómada, buscando proveer sus necesidades mediante la recolección, la caza y la pesca, y con el desarrollo de la agricultura se convirtió en sedentaria, surgió la necesidad del intercambio de bienes con otros asentamientos, al principio mediante el trueque y luego mediante la moneda.

Con el tiempo, este intercambio se conoció como comercio, nombre que perdura hasta nuestros días. Sobre el comercio internacional mucho se ha escrito y diversas teorías han sido desarrolladas a través de los años; sin embargo, lo concreto es que el comercio se produce porque existe un fabricante (o productor) de un determinado bien que es demandado por una persona o entidad.

Sin embargo, es necesario tener en cuenta que el comercio no se limita únicamente a una relación entre estas dos partes (el fabricante y el demandante), sino que intervienen en esta transacción muchos otros elementos, por ejemplo, el transportista, el comercializador (o vendedor) e inclusive el gobierno, quien a través de sus políticas impositivas y no impositivas influye sobre la demanda del bien y su precio.

Desde los inicios del comercio entre naciones, los gobiernos de los países receptores de la importación estilaron cobrar ciertas tasas impositivas (más adelante conocidas como aranceles) para los bienes llegados a sus fronteras. Cada país era libre de establecer los aranceles de acuerdo con su propio criterio y en función de sus intereses como nación.

Esto limitaba el desarrollo del comercio internacional y por ello en 1947 se creó el Acuerdo General sobre Aranceles Aduaneros y Comercio (GATT por sus siglas en inglés), el cual fue suscrito inicialmente por 24 países, y posteriormente fueron integrándose otros, llegando en 1993 a integrar 123 países.

Los objetivos del GATT (más bien «buenos deseos») eran procurar un trato no discriminatorio en el comercio entre países, reducir los aranceles y evitar malas prácticas comerciales (cárteles, *dumping*, etc.).

Si bien durante su vigencia se produjo una reducción de aranceles, se puede decir que este fue, casi, su único logro importante el cual, lastimosamente, fue eclipsado por la adopción de otras formas de protección para ciertos sectores económicos en muchos países.

El GATT no era una institución, sino un acuerdo sobre reglas de comercio sobre el cual se reunían los países para debatir sus alcances. Los países signatarios se reunieron ocho veces (reuniones conocidas como Rondas). La última Ronda se realizó en Uruguay en 1994 y allí se acordó constituir un organismo denominado Organización Mundial de Comercio (OMC), el cual tenía como mandato continuar con los objetivos del GATT, a fin de liberalizar el comercio mundial.

En el 2001, la OMC inició la denominada Ronda de Doha (oficialmente conocida como Agenda de Doha para el Desarrollo). Esta Ronda debería culminar en el 2005; sin embargo, nunca llegó a cumplir las metas de su Agenda. Para el 2025, si bien muchos países continuaban adheridos a este organismo, les quedaba claro que esa liberalización comercial probablemente nunca se produciría.

Durante la pandemia del 2019-2020, el comercio mundial se contrajo a niveles pocas veces vistos (en el segundo semestre del 2020, el comercio mundial de bienes cayó más del 18 % en comparación con el mismo periodo del 2019), pero al año siguiente se experimentó una veloz recuperación del comercio.

Sin embargo, en el 2022, una guerra iniciada en Europa Oriental, conflictos comerciales agudizados entre grandes potencias económicas, inflación generalizada en grandes economías tanto occidentales como orientales (y las consecuentes medidas económicas para disminuir dicha inflación), llevaron a que el comercio mundial disminuyera nuevamente ese año.

A inicios del 2023, el panorama continuaba siendo el mismo, y la situación se agravó debido a nuevos conflictos en diferentes puntos del planeta (golpes de estado en algunos países de África en el primer semestre, que afectaron el comercio con algunos países de Europa y, en el segundo semestre, una guerra en el Medio Oriente de Asia, cuyo escalamiento llevó a pensar en el inicio de una tercera guerra mundial).

Aunado a ello, la guerra comercial entre las dos principales potencias económicas mundiales respecto a la investigación, desarrollo y comercialización de productos tecnológicos (semiconductores, tecnología de alta gama e inteligencia artificial) que se había iniciado en el 2014, con el establecimiento de medidas arancelarias y no arancelarias por parte de ambas potencias y con la prohibición de venta de tecnología necesaria para la producción de semiconductores a la potencia rival.

El conflicto se agudizó cuando, en el segundo semestre del 2023, la principal compañía fabricante de teléfonos inteligentes de una de las potencias (la más afectada por las sanciones) lanzó una nueva versión que, teniendo en cuenta las sanciones, no debería haber sido posible que hubieran podido fabricar.

La otra potencia amplió su bloqueo a la transferencia tecnológica y la primera impidió la exportación de algunos minerales necesarios para la fabricación de ciertos componentes tecnológicos, minerales sobre los cuales tenía la producción del 90 % a nivel mundial. Asimismo, restringió la compra de estos dispositivos fabricados en la potencia rival.

Esta guerra tecnológica-comercial tuvo como consecuencia no solo una nueva contracción del comercio global (en particular sobre bienes tecnológicos, pero también en el comercio de alimentos, bienes suntuarios y servicios diversos), sino también la contracción en el desarrollo y comercialización de nuevos productos tecnológicos, una parte por no contar con los insumos para producirlos y la otra por no contar con la capacidad para elaborarlos.

Los siguientes años de la década estuvieron signados por una competencia en la que una potencia trataba de buscar, sin éxito, sustitutos para los insumos con los que no contaba, y la otra trataba de desarrollar su independencia tecnológica (lo que estimaba le demoraría entre 10 y 20 años).

Esta última, adicionalmente, adoptó una nueva estrategia para la comercialización de sus productos, la cual fue denominada «la Nueva Ruta de la Seda», en alusión a la ruta comercial que se estableció entre Oriente y Occidente, entre los siglos I al XVII (aunque con mayor preponderancia a partir del siglo XI, con una interrupción en el siglo XIV debido a los estragos producidos por la Peste Negra).

La Nueva Ruta de la Seda pretendía establecer nuevas rutas comerciales, abordando nuevos mercados a través del desarrollo de infraestructuras de comunicación que facilitaran el intercambio de bienes, ampliando el comercio en territorios en donde las imposiciones arancelarias no afectaran ni el traslado ni el precio de los productos.

Por otro lado, los conflictos territoriales ya mencionados también afectaron el comercio de bienes primarios (minerales, gas y petróleo), lo cual también impactó la producción en naciones fuertemente dependientes de la importación de estos bienes.

Así las cosas, la década de los 20 estuvo signada por permanentes conflictos entre las naciones, que conllevaron a una disminución de la economía a nivel mundial y al consiguiente incremento de la pobreza mundial. Más adelante esta sería conocida como la década perdida.

Es recién a inicios del 2030 que, ante el surgimiento de una nueva potencia económica, la cual ya se avizoraba a mediados de la década anterior, y por el trabajo diplomático de esta nueva potencia, se pone fin a la guerra tecnológica-comercial y las naciones acuerdan trabajar conjuntamente para la investigación, desarrollo y comercialización de productos tecnológicos de uso pacífico.

Ya para esas fechas, había surgido un nuevo actor en lo que respecta a los medios de pago del comercio internacional.

En el año 2008, un grupo de cinco naciones formaron una asociación con la idea de apoyarse mutuamente en la implementación de proyectos de desarrollo y el intercambio comercial.

Hacia fines del 2023, esta asociación ya había incorporado a otras siete naciones; sin embargo, los objetivos iniciales no habían desarrollado fruto alguno, y la asociación parecía destinada a ser un ente declarativo (básicamente crítico a las relaciones económicas establecidas), sin ninguna acción concreta.

La causa fundamental de ello eran las diferencias conceptuales sobre la política económica, comercial e incluso cultural de sus miembros. Aunque claramente se notaba una idea en común: buscar una alternativa para dejar de utilizar la divisa tradicional en el comercio internacional.

En un principio, algunos países acordaron utilizar sus propias monedas en el intercambio bilateral; sin embargo, ello limitaba el uso de la moneda recibida por parte del país exportador a compras de bienes del país importador, ya que, a menos que hubiera un acuerdo con un tercer país, la moneda recibida no era aceptada por los exportadores de ese tercer país.

Existía también el problema de emisión monetaria en cada uno de estos países, ya que un país podía realizar una emisión extraordinaria para poder financiar una importación, y las consecuencias devaluatorias de esta emisión, que se manifestaban al poco tiempo, disminuían el valor adquisitivo de la moneda y, por lo tanto, el poder de compra del exportador.

En el segundo semestre del 2023, algunos países lanzaron la idea de crear una moneda digital para el comercio entre estas naciones; sin embargo, las ya mencionadas diferencias entre estos países no llevaron a un resultado concreto.

En el año 2025, los países volvieron a tocar el tema y acordaron iniciar las acciones para la creación de la mencionada moneda, a ser utilizada para las transacciones entre los miembros de manera voluntaria (pudiendo utilizar otras monedas para sus transacciones entre países miembros o no).

La idea era sencilla: crear una moneda que no estuviera sujeta a disposiciones regulatorias de alguna autoridad monetaria, con una emisión regulada por un algoritmo establecido en base a las transacciones esperadas, lo que se calculaba en función a los acuerdos comerciales entre los países que utilizarían esta moneda.

Lo anterior tenía como propósito fijar el valor de la moneda, evitando las fluctuaciones de esta; para ello se tomaron algunas disposiciones adicionales: la moneda sería utilizada únicamente para las transacciones comerciales internacionales, entendiéndose por esto las transacciones de bienes y servicios no financieros.

Cada país era responsable de su política monetaria y, por lo tanto, el tipo de cambio entre la moneda local y la moneda digital a crearse dependería del manejo monetario de cada uno de los países.

Adicionalmente, se estableció que esta moneda tendría todas las demás características de las monedas digitales emitidas por los gobiernos, es decir, que se usaría la tecnología *blockchain* para el registro de las transacciones y su consiguiente seguridad, transparencia y trazabilidad.

Se encargó el desarrollo de la idea a expertos en tecnología *blockchain* para la parte tecnológica, y a expertos en economía, comercio y finanzas para establecer el monto de la emisión en función de las transacciones esperadas, de manera de evitar una sobrevaluación de la moneda por exceso de demanda o devaluación por exceso de oferta.

Dados los avances a la fecha, el modelo tecnológico estuvo listo en menos de dos años y, en 2027, la asociación lanzó su moneda digital, la cual paulatinamente empezaron a utilizar entre ellos y, con el tiempo (relativamente lento, ya que muchos analistas esperaron un tiempo para analizar los resultados), más y más países fueron aceptando en sus transacciones dicha moneda.

Por su lado, las naciones con mayor poder económico y político y partidarios de la moneda tradicional buscaron regular los criterios para su emisión, lo cual, hasta principios de la década del 30, estaba bajo la exclusiva responsabilidad de una sola nación. La drástica reducción del uso de esta moneda en el comercio internacional determinó la existencia de una sobreabundancia de esta, lo cual afectaba las economías de muchos países que la utilizaban como moneda de reserva.

Para inicios del 2050, se podía decir que existían al menos seis países o uniones de países con similar poderío económico y dos monedas regularmente utilizadas para el comercio internacional, aunque todavía no eran intercambiables entre sí debido a diferencias políticas sobre hegemonía del poder económico y político.

Aunque no eran muchas, esta dualidad de monedas conllevaba dificultades en el comercio internacional que impedían un mejor desarrollo de la economía global, por lo que, a partir de la segunda mitad de la década del 50, se realizaron múltiples reuniones entre los países para llegar a un consenso sobre una única moneda para las transacciones internacionales.

Para el 2060, las negociaciones continuaban y las opiniones sobre los avances eran disímiles. Cierto grupo de expertos en comercio internacional consideraba que se estaban logrando algunos acuerdos iniciales y que era muy posible que las naciones pudieran llegar a un acuerdo final, aunque con algunas concesiones.

Por el contrario, otro grupo juzgaba que los pocos acuerdos alcanzados no versaban sobre el tema principal, el establecimiento de la moneda única, sino sobre algunos aspectos arancelarios, lo que, según su entender, no difería en nada del GATT.

Las pocas discusiones acerca de la moneda única llevaron como resultado el establecimiento de un comité de trabajo para evaluar el asunto. Este comité no tenía una fecha fija para su culminación y, a decir de estos expertos, seguiría el mismo rumbo del GATT: muchos análisis, estudios, informes, pero nada en concreto.

El tiempo diría si finalmente se lograba el objetivo o no.

TÍTULO II

Proceso de desarrollo socio cultural y de los movimientos sociales al 2060

Capítulo I
El movimiento ecologista

Nuestro planeta tiene una extensión de 510 millones de km², de los cuales el 70 % es agua y el 30 % es tierra. A principios del siglo XX, habitaban la Tierra 2 000 millones de personas; cien años después, la población mundial superaba los 7 000 millones, es decir, en tan solo un siglo la población mundial más que se triplicó.

Si se considera que la superficie habitable del planeta es de poco más de 80 millones de km² (descontando los desiertos y las masas heladas como la Antártida y Groenlandia) y si a ello se descuentan los bosques protegidos, las montañas no habitables y las áreas cultivables, que representan el 50 % del área habitable, entonces tenemos que la densidad poblacional de la tierra realmente habitable pasó de 50 a 150 habitantes por km². Por otro lado, en el 2000 casi el 60 % de la población vivía en ciudades, y muchas de ellas tenían una densidad poblacional superior a las 30 000 personas por km².

Este acelerado incremento de la población mundial y los problemas socioambientales que ello conlleva fueron advertidos desde comienzos del siglo XX por algunos científicos. Aunque, en esas fechas solo se hablaba de un posible agotamiento de recursos para los siglos venideros, lo cual a nadie preocupaba (¿a quién le interesaba lo que ocurriera en doscientos o trescientos años? Porque, como dijo un famoso economista de la época: «En el largo plazo, todos estaremos muertos»).

Es a partir de los años 60 cuando el interés por temas ecológicos empieza a suscitar un mayor interés, en principio por el creciente uso de pesticidas en la agricultura y los daños en la salud de los consumidores de estas cosechas. En 1962 se publica un libro titulado *La primavera silenciosa* de la bióloga norteamericana Rachel Carson, el cual trata de los efectos perniciosos del uso de pesticidas. La autora considera que el hombre no es propietario del planeta, sino que forma parte de él, y por lo tanto le corresponde vivir en armonía con el ambiente que le rodea. Este libro y su autora se consideran como el punto de inicio del movimiento ecologista.

Como resultado de este documento, se organizan movimientos sociales para evitar el uso de productos químicos dañinos para la salud y, a lo largo de los años, se logra limitar el uso de estos productos.

El siguiente paso fue la lucha por evitar el uso irracional de los recursos naturales y disminuir la contaminación ambiental, de lo cual se obtienen algunos éxitos menores, tales como leyes para el agua, el aire y la protección de especies.

En 1972, se publica un estudio denominado «Los límites del crecimiento» el cual concluía que: «Si el actual incremento de la población mundial, la industrialización, la contaminación, la producción de alimentos y la explotación de los recursos naturales se mantiene sin variación, se alcanzará los límites absolutos de crecimiento en la Tierra durante los próximos cien años».

En dicho año también se realiza la Conferencia de Naciones Unidas sobre el Medio Ambiente, en Estocolmo, la cual culmina con una declaración que contiene 7 puntos, el primero de los cuales dice en sus primeras líneas: «El hombre es a la vez obra y artífice del medio que lo rodea, el cual le da el sustento material y le brinda la oportunidad de desarrollarse intelectual, moral y espiritualmente».

Y en su principio dos indica: «Los recursos naturales de la Tierra, incluidos el aire, el agua, la tierra, la flora y la fauna y especialmente muestras representativas de los ecosistemas naturales, deben preservarse en beneficio de las generaciones presentes y futuras mediante cuidadosa planificación u ordenación, según convenga».

La coyuntura política de la época, la Guerra Fría casi en su máxima expresión, el embargo petrolero que generó una crisis energética en casi todo el planeta y los consiguientes problemas económicos y sociales que se generaron (recesión, inflación, desempleo, incremento de la pobreza y otros), hicieron que el documento, si bien no es que fuera ignorado, no generara un movimiento ecológico importante durante los años siguientes a su publicación (aunque sí se formaron algunas entidades ecologistas que incluso perduraron hasta entrado el siglo XXI).

Es recién en los años 1980 que el movimiento ecologista empezó a hacerse sentir en amplias capas de la sociedad y en las esferas políticas. Por simplificación llamaremos así a todos los movimientos que realizan acciones tendentes a la protección del medioambiente, lo cual tiene una amplia gama de facetas, como, por ejemplo, la protección de la capa de ozono, la conservación de las cuencas acuíferas, la protección de los bosques, la protección de animales en peligro de extinción, los que se oponen a la extracción de minerales, etc.

En efecto, se empezaron a sumar múltiples organizaciones no gubernamentales (ONG), que impulsaron leyes nacionales e internacionales para la protección del medioambiente. En algunos países se organizaron partidos políticos ecologistas (los denominados Partidos Verdes), con la intención de actuar desde el interior del espacio político para procurar leyes en favor del medioambiente.

En junio de 1992, en la ciudad de Río de Janeiro, se realizó la Cumbre de la Tierra, conferencia organizada por la ONU, que igual que la Conferencia de Estocolmo, culminó con una declaración de principios y con la aprobación de la Convención Marco de las Naciones Unidas sobre el Cambio Climático, que fue la base para el posterior Protocolo de Kioto, en 1997.

Este Protocolo, que recién entró en ejecución en el 2005, acordó la reducción de por lo menos el 5 % de la emisión de gases de efecto invernadero.

A lo largo de los años, el seguimiento efectuado al Protocolo en las sucesivas conferencias efectuadas (se establecieron reuniones anuales como parte de la Conferencia de las Naciones Unidas sobre Cambio Climático) arrojó resultados disímiles respecto a las metas impuestas por países y regiones. Algunos países y regiones cumplieron con los acuerdos y otros no (e inclusive abandonaron el Protocolo para no pagar las multas).

En estos años, algunos actores no públicos del movimiento ecologista fueron adoptando posiciones radicales (denominado ecoterrorismo), realizando acciones violentas contra entidades, públicas y privadas, que consideraban realizaban un daño al medioambiente, o vandalizando propiedades con la finalidad de llamar la atención sobre la falta de acción o sobre los pobres resultados que los gobiernos obtenían para el cuidado del medioambiente y el cambio climático.

Así, para la tercera década del siglo XXI, el movimiento presentaba dos posiciones claramente visibles: los moderados que procuraban mediante acciones políticas, movilizaciones pacíficas y activismo mediante las redes sociales concientizar a la ciudadanía en general, y a los gobiernos en particular, a tomar urgentes medidas para preservar el medioambiente y atenuar los efectos del cambio climático, que consideraban ya inevitable.

En el otro lado se encontraban los grupos que consideraban que el tiempo de las campañas de concientización ya se había agotado y que la única forma de disminuir la inminente catástrofe que traería el cambio climático era un cambio total al modelo de producción basado en el uso de combustibles fósiles y la depredación irracional de los recursos naturales inherente a este modelo.

Entre los años 2030 al 2040, los grupos antimodelo ganaban espacio ante el recrudecimiento de las condiciones climáticas y constantemente realizaban acciones violentas para el cierre de fábricas, minas y complejos industriales.

Los moderados, por su parte, cambiaron su estrategia y también pasaron a la acción, pero de diferente manera. Era claro que era necesario un cambio sobre el uso de los recursos naturales, pero consideraron que los avances tecnológicos y la voluntad política podían efectuar estos cambios de manera efectiva para el medioambiente y provechosa para el ser humano.

En alianza con empresas tecnológicas, empezaron a lograr cambios bastante efectivos para el cuidado del medioambiente. Una de las primeras acciones que concretaron fue la eliminación del uso del papel en todos los documentos públicos y luego, siguiendo el ejemplo, en todo el ámbito privado. Ello fue posible gracias al desarrollo de los teléfonos inteligentes y ordenadores personales que la gente ya utilizaba para elaborar documentos de carácter personal. La validez legal de los documentos elaborados para una gestión, un informe o cualquier otro uso permitió eliminar la necesidad del uso del papel. El resultado fue que se acabó toda la industria del papel, eliminando sus efectos negativos sobre el medioambiente (depredación de bosques, contaminación por gases y residuos no aprovechables).

Otro aspecto fue la obligación de que todo trabajo de oficina fuera realizado de manera virtual, de este modo se eliminaba el uso diario de transporte público y privado para estas personas, contribuyendo a disminuir la emisión de gases.

Igualmente, la mayor utilización de autos que no utilizaran combustibles fósiles contribuyó a la mejora del ambiente.

En el periodo entre los años 2040 y 2050, las empresas tecnológicas lograron desarrollar métodos alternativos para la obtención de electricidad (mejorando la técnica para la obtención de energía eólica, solar, energía por gravedad y otros), lo que contribuyó a dotar de fluido eléctrico sin causar efectos perniciosos al medioambiente.

Igualmente, los ecologistas lograron que los gobiernos financien la investigación, desarrollo y producción de plantas desalinizadoras de agua de mar, que no fueran contaminantes y de bajo uso de energía.

El desarrollo de nuevas técnicas de producción de energía no contaminante permitió a las fábricas reconvertir su modo de producción (dejando de usar combustibles fósiles), sin causar efectos traumáticos a la economía y a la sociedad, y contribuyendo de una manera efectiva al cuidado del medioambiente.

La reconversión empezó a realizarse a mediados de los 50 y hasta el año 2060 todavía continuaba, estimándose que culminaría a fines de la década del 80.

Las acciones tomadas disminuyeron la influencia de los ecologistas radicales, a quienes solo les quedó aprovechar los espacios aún pendientes de una solución (reforestación, mejoras de las técnicas de extracción de minerales, depredación de especies marinas y otros). Aunque abandonaron definitivamente su pensamiento de cambio de modelo, el cual en la práctica ya se estaba produciendo.

Capítulo II
El movimiento feminista

A través de la historia ha quedado patente que el modo en que se manifiestan las relaciones humanas está condicionado por el ambiente, las circunstancias y las necesidades.

En los albores de la humanidad, cuando el instinto de supervivencia condicionaba el actuar de nuestros primitivos antepasados, aprendieron a vivir en comunidad (tribus nómadas), ya que, no siendo más fuertes, más rápidos ni contando con defensas naturales en su cuerpo, como la mayoría de los depredadores existentes, la vida en comunidad constituyó su único elemento (conjuntamente con el desarrollo de armas primitivas) para su supervivencia como especie.

La vida en la tribu tuvo características impuestas por la necesidad y las circunstancias de la época. Dos conceptos eran totalmente desconocidos en dichas tribus: el de padre y el de familia.

Nuestros primitivos antepasados desconocían el papel de las relaciones sexuales en el proceso de concepción de una nueva vida, y por lo tanto el papel que el hombre jugaba en dicha concepción. Solo sabían que las mujeres podían procrear y los hombres no. Por otro lado, aun si lo hubieran sabido, dado el carácter promiscuo de las relaciones en la tribu, hubiera sido difícil, por no decir imposible, determinar quién era el padre de una determinada criatura.

Debido a lo anterior, el concepto de familia (definido como conjunto de personas que comparten lazos de consanguinidad y afecto) ni siquiera pasaba por sus mentes.

La tribu tenía como único objetivo la supervivencia, y para ello las tareas destinadas a esto se dividieron de manera natural.

El hombre, por ser más fuerte, ágil y rápido que las mujeres, se dedicó a la tarea de asegurar la supervivencia inmediata de la tribu, a través de proveer alimento, vivienda y seguridad.

Pero, para efectos de la tribu, la tarea más importante la realizaban las mujeres, quienes, a través de su función reproductiva, aseguraban la supervivencia de la tribu a mediano y largo plazo, además de las tareas inmediatas como la atención de niños, ancianos, enfermos y heridos.

Fue la capacidad de procrear de las mujeres la que les generó un trato especial en la tribu. El cuidado y respeto hacia las madres las llevó, según muchos historiadores, a obtener el liderazgo de la tribu, ejercido ya sea por la de mayor edad o por la de mayor número de hijos.

Esta manera de vida transcurrió durante toda la prehistoria, hasta que cambiaron las circunstancias: se desarrolló la agricultura y las tribus dejaron de ser nómadas, la población creció de manera geométrica, los hombres descubrieron el papel que jugaban en la concepción y las relaciones promiscuas fueron sustituidas por la monogamia, es decir, se dieron los pasos para establecer la familia.

A pesar de los cambios realizados, las tareas asignadas para el hombre y la mujer prácticamente no variaron. El hombre seguía realizando las labores que su constitución biológica le permitía realizar mejor que la mujer (arar campos, cortar árboles, construir edificaciones), mientras la mujer seguía realizando las mismas labores que antes, es decir, atender a niños y ancianos, procesar los alimentos y procrear.

El gran cambio se dio en la estructura de poder. Ya no era la mujer quien ejercía el liderazgo, sino que eran ambos o, mayormente, el hombre. El desarrollo de la agricultura tuvo un papel fundamental, aunque totalmente equivocado, en este cambio. Se consideraba que el hombre era el poseedor de la semilla que permitía la procreación, y la mujer, al igual que la tierra, era el campo donde se cultivaba esa semilla.

En tal sentido, al ser el hombre el proveedor de recursos para el sostenimiento de la familia y a la vez ser el dueño de la semilla que permitía la procreación, naturalmente le correspondía ejercer el liderazgo de la familia y, por supuesto, de la comunidad en donde vivían.

Con el paso de los años, esta equivocada idea de la procreación fue abandonada al entenderse el papel fundamental que le correspondía a la mujer en la concepción; sin embargo, la estructura de poder no varió por este hecho.

El paso de los siglos a través de la Edad Antigua, la Edad Media y buena parte de la Moderna mantuvo esta estructura de poder casi inalterable. Cierto es que, con el paso del tiempo, las mujeres fueron progresivamente teniendo una mayor participación en el proceso productivo, principalmente en el campo y el comercio, pero sujetas a las órdenes del marido (cuando eran casadas) o al padre (cuando eran solteras), con las naturales y obvias excepciones, generalmente producidas por la muerte del esposo o del padre.

En la sociedad occidental, la mujer, hasta antes de la Edad Contemporánea, no tenía derecho a herencia; se asumía que el propietario de los bienes era el esposo o el padre, y ante su muerte, los bienes pasaban a propiedad de los hijos varones.

El tema de la educación también era un ejemplo visible sobre la sumisión a las mujeres. Cierto es que, hasta antes de la invención de la imprenta, el conocimiento de la lectura estaba limitado a las clases altas y el clero, pero aun en las clases altas, a las mujeres se les limitaba el conocimiento a lo necesario para hacer mejor sus labores.

Es recién durante la Revolución Francesa que, al calor del ambiente de cambios que se propugnaba, la escritora francesa Olympe de Gouges, más conocida por el seudónimo Marie Gouze, redacta en 1771 la Declaración de los Derechos de la Mujer y de la Ciudadanía, a modo de complemento a la

Declaración de los Derechos del Hombre y del Ciudadano, que la Asamblea Revolucionaria aprobara un par de años antes.

Marie Gouze fue una de las primeras mujeres que hizo notar que, si bien el término «Derechos del Hombre» se redactó pensando en todas las personas (hombres y mujeres), ello no necesariamente incluía a las mujeres y, por ello, la necesidad de ser explícito cuando se refiere a unos y otras. Algunas otras pensadoras en otros países también empezaron a propugnar cambios que condujeran a la igualdad de derechos entre hombres y mujeres.

A pesar de que algunos pensadores, hombres y mujeres, escribieron obras sobre derechos de las mujeres (el inglés John S. Mill, el español Benito G. Feijoo y la peruana-francesa Flora Tristán), el movimiento feminista prácticamente no tuvo avances significativos durante buena parte del XIX.

Es recién a fines de los años 70s del siglo XIX que aparece el movimiento sufragista, que, iniciándose en Norteamérica, es rápidamente seguido por movimientos similares en la mayoría de los países de Europa y otras regiones del planeta.

Dos hechos trascendentales ocurrieron en esos años de lucha: la revolución industrial, que lentamente empezó a incorporar mano de obra femenina, y el estallido de la primera guerra mundial en 1914, dado que las mujeres sustituyeron a los hombres en las fábricas, lo que contribuyó a consolidar las ideas de igualdad entre hombres y mujeres.

Durante los años 20, el movimiento sufragista logró coronar con éxito su lucha al obtener el reconocimiento al derecho al voto; pero luego de ello, el movimiento feminista cayó, nuevamente, en una suerte de marasmo.

Después de la segunda guerra mundial, se da lo que se denomina la segunda ola del feminismo, que lanzó el concepto de que el término «mujer» es una construcción cultural y, en base a ello, propugnó cambios en esta construcción.

La tercera ola se inició a principios de los 90, y tiene como principal característica la dispersión respecto al enfoque sobre la mujer y lo femenino. En tal sentido, si bien el objetivo sigue siendo el mismo, es decir, la libertad e igualdad plena de las mujeres y los hombres, existen una gran variedad de corrientes que, en algunos casos, incluso se contradicen entre sí, lo que crea una gran confusión.

A principios de la segunda década del siglo XXI, se menciona el surgimiento de la cuarta ola, asociada más a los derechos con relación a la violencia contra la mujer (o violencia de género, la cual tiene una definición bastante amplia), y el logro de la paridad (es decir, todas las actividades deben ser compartidas por igual entre hombres y mujeres y en los mismos términos).

Este movimiento logró éxitos como la paridad en la elaboración de candidatos a las representaciones políticas, el establecimiento de organismos gubernamentales dedicados a generar y ejecutar políticas a favor de las mujeres, cambios en las normas penales para incluir nuevas formas de violencia contra la mujer y otros más.

Sin embargo, en los años 2022-2023, se inició una corriente contra ciertas medidas propugnadas, que, según los opositores, atentaban contra la sociedad en general y la familia tradicional en particular.

Temas como la enseñanza de la ideología de género, la ESI (Educación Sexual Integral), la legalización del aborto, el lenguaje inclusivo y algunas normas que, a decir de los opositores, menoscababan los derechos del hombre frente a las mujeres en procesos judiciales (según los opositores, estas leyes rompían el principio de igualdad ante la ley), generaron protestas por parte de diferentes actores de la sociedad y, (resulta paradójico), muchas de las críticas eran de mujeres.

El ala radical del movimiento feminista incluso llegaba a propugnar que, dado los avances de la ciencia, los hombres no eran necesarios en la sociedad.

Aparecieron movimientos opositores, tales como Pro Vida, Con Mis Hijos No Te Metas, No En Mi Nombre y otros (liderados mayormente por mujeres), que a partir del 2025, en alianza con actores políticos, lograron alcanzar poder político en varias naciones y revirtieron muchas de las normas establecidas durante el principio de la década.

Las protestas por parte del movimiento feminista más radical no se hicieron esperar, y las manifestaciones (y contramanifestaciones) eran un asunto permanente.

Dado los diametralmente opuestos puntos de vista entre los dos sectores, era prácticamente imposible hallar soluciones de consenso, así que las normas variaban según quien gozara del poder político de turno.

Toda la década del 30 se vio signada por estos permanentes cambios de rumbo, y la sociedad en general sintió el hartazgo de la situación, que parecía eternizarse.

A principios de 2040, los avances tecnológicos efectuados en cambios laborales y educativos empezaron a dar solución a algunos de los problemas. El establecimiento de la obligatoriedad del trabajo virtual para labores de oficina redujo al mínimo el acoso laboral, lo cual se vio acrecentado por la obligatoriedad del uso de cámaras en los centros laborales que, por su naturaleza, requerían la presencia física de sus trabajadores.

Igualmente, la educación virtual proporcionó a los padres la oportunidad de vigilar la enseñanza que se impartía a sus hijos, aunque todavía no solucionaba el tema de la obligatoriedad o no de la ESI.

El tema de la legalización del aborto se resolvió de manera científica, al crearse un nuevo método de control de la natalidad que, contrariamente a los tradicionales, actuaba sobre los espermatozoides y no sobre el óvulo, impidiendo de esta manera la fecundación.

Estos sucesos y avances tuvieron el efecto de convencer a las partes de que un acuerdo sobre los diferentes aspectos en conflicto era posible, y con el auspicio de las Naciones Unidas, se realizó en 2045 la I Cumbre Mundial de Mujeres, que estableció una agenda de temas pendientes, la formación de grupos de trabajo plurales (que incluyeran los diferentes puntos de vista, no solo de los movimientos feministas, sino también de otros componentes de la sociedad, como cultura, religión, etc.) para que llegaran a un consenso sobre el tema en particular; la obligatoriedad de las partes (y de los gobiernos, de lo cual se encargaría la ONU) en aceptar la solución y ponerla en ejecución; y de medidas provisionales durante el periodo intermedio, como por ejemplo en el caso de la ESI, en el cual se estableció que los padres que desearan podían, si así lo querían, permitir esta enseñanza en la escuela virtual y los que no querían, podían no permitirlo.

El gran problema fue que no se estableció un tiempo límite para llegar a dichos acuerdos y, si bien algunos de los grupos de trabajo llegaron a un consenso (con diferencia de varios años entre unos y otros), muchos otros, 15 años después, todavía no llegaban a un acuerdo.

Otro problema que dilató el tiempo fue que grupos de movimientos masculinos exigieron formar parte de los grupos de trabajo, ya que consideraban que muchas de las soluciones que posiblemente se plantearan tenían un efecto directo en los hombres, por lo que era necesario también expresar sus puntos de vista.

Las soluciones de consenso planteadas por los grupos de trabajo empezaron a implementarse de manera paulatina en todos los países, ya que en muchos de ellos las soluciones implicaban reformas a sus leyes, incluso constitucionales, que requerían un tiempo adecuado.

La vigilancia del cumplimiento de la normatividad por parte de cada país correspondió a grupos designados para ello, financiados por la ONU. Estos grupos tenían como único mandato realizar periódicos informes sobre el cumplimiento de las normas. Cualquier uso de fondos para otros fines era severamente sancionado (el seguimiento del gasto era facilitado por la moneda digital).

Dados los retrasos para implementar las medidas en muchos países, en el 2060 la ONU, aprendiendo la lección, acordó que la implementación de los acuerdos ya conseguidos debería estar culminada a más tardar en el 2065, y se estableció un plazo de tres años para que los otros temas pendientes llegaran a un consenso (la ESI, la tipificación de violencia de género y otros). Transcurrido ese plazo, en caso de no llegarse a un consenso, las naciones eran libres de establecer las normas que juzgaran adecuadas.

Capítulo III
La educación

En la historia de la humanidad, la educación ha estado siempre ligada a la adquisición de habilidades que permitan al individuo ganarse el sustento (con naturales excepciones).

En la prehistoria, los niños (y algunas niñas) aprendían de sus mayores las técnicas de caza y recolección, aprendían qué animales cazar y cómo hacerlo, qué vegetales recolectar y cuáles no y la mejor forma de hacerlo.

Las niñas, en su mayoría, aprendían a cuidar a los recién nacidos, a los enfermos y ancianos, qué plantas utilizar como elementos de sanación y cómo cocinar ciertos alimentos.

Más adelante, con el desarrollo de la agricultura, también se produjo esta suerte de aprender haciendo, y esto se prolongó hasta bien entrada la Edad Moderna. La generalidad de los niños y niñas aprendía lo que era necesario para realizar la tarea que tuviera encomendada, ni más ni menos.

Cierto es que estos límites no regían para las clases más pudientes, cuyos hijos lograban adquirir diversas habilidades (leer, escribir, pintar, tocar música, etc.) no necesariamente ligadas directamente a su tarea presente, pero que les permitirían, cuando adultos, tener las habilidades para una mejor interacción social con sus pares.

Es recién a fines de los años 1600 que en algunos países se empiezan a implementar escuelas, mayormente ligadas a la iglesia, en donde se enseña a leer y escribir, cosas que, evidentemente, eran necesarias dado los avances de la época.

La escuela (o colegio, como también se le conoce), era una edificación diseñada para alojar en un ambiente (llamado aula) a los niños y niñas (conocidos como alumnos y alumnas) que recibirían la enseñanza por parte de una persona llamada maestro o profesor. Dependiendo de la cantidad de alumnos y alumnas, la escuela tenía una o varias aulas y lo mismo en lo que se refiere a los maestros.

La escuela era dirigida por una persona llamada director, el cual velaba por el correcto funcionamiento de esta y vigilaba que se cumplieran las directrices de enseñanza dictadas por la entidad auspiciadora (en un principio la iglesia, pero luego el estado a través de sus dependencias).

Este esquema se mantuvo incólume hasta las primeras tres décadas del siglo XXI, es decir, más de cuatrocientos años.

Un hecho fortuito vino a cambiar todo este panorama. En el 2020, el mundo entró en una cuarentena casi global debido a una pandemia originada por un virus, y ello obligó al cierre temporal de las escuelas. Como una solución paliativa al problema del retraso en los estudios, algunos gobiernos dispusieron dictar clases en forma virtual, a través de computadoras personales que pusieron a disposición de los estudiantes. Dada la forma apresurada de su implementación, que no estableció una metodología para efectuar el control del aprendizaje, la poca experiencia de los profesores en este tipo de enseñanza y los problemas de conectividad, se determinó que, una vez terminada la cuarentena, la enseñanza virtual fuera abandonada y se volviera a la metodología tradicional, salvo algunas excepciones en algunas escuelas privadas y universidades, y únicamente para carreras cortas.

Sin embargo, la semilla ya había sido sembrada y, con el paso del tiempo, esta enseñanza sería la predominante en el mundo.

Las razones del cambio eran múltiples y tenían que ver con ese esquema tradicional, que muchos consideraban obsoleto y generador de problemas. En efecto, la mayor parte de las escuelas eran públicas (en algunos países albergaban entre el 80 % y 90 % de la población en edad escolar), y los costos derivados del mantenimiento eran muy elevados. En las escuelas públicas había un hacinamiento de estudiantes por aula y ello atentaba directamente contra la calidad de la enseñanza, lo cual se veía agravado por la incapacidad de capacitar permanentemente a los profesores.

Por otro lado, la violencia en las escuelas se había convertido en un hecho rutinario: violencia entre alumnos, violencia del profesor contra alumnos y de alumnos contra el profesor.

Algunos plantearon la necesidad de eliminar la escuela pública y dar un subsidio directo a los padres para que pudieran matricular a sus hijos en escuelas privadas, pero ello conllevaba que, al no haber suficientes de estas, las escuelas públicas deberían ser privatizadas o entregadas a los mismos profesores que trabajaban en ellas para su uso.

En otras palabras, el Estado solo se preocupaba del problema económico y dejaba a otros la solución de los otros problemas descritos.

A mediados del 2030, una institución privada desarrolló una metodología para impartir una educación virtual de calidad. En primer lugar, crearon un programa informático instalado en un ordenador con una capacidad de procesar cien mil datos a la vez. Este programa leía los datos de un programa instalado en computadoras personales que se entregaban a los alumnos. Dicha computadora contaba con una cámara panorámica que permitía ver al alumno y al entorno que lo rodeaba, incluyendo el teclado de la computadora, y con un micrófono para cualquier consulta oral del estudiante.

El profesor dictaba su clase sin necesidad de estar en contacto con el alumno, y cada cierto momento paraba para preguntas que hubiera. El estudiante que lo deseara hacía sus preguntas de manera oral y eran respondidas a él, y únicamente a él, mediante la IA instalada en su computador.

Pasado el tiempo asignado para las preguntas, el profesor continuaba, y así hasta el final de la clase. En dicho momento, el alumno recibía un breve cuestionario sobre la comprensión de la clase recibida y sus respuestas eran procesadas inmediatamente por el ordenador.

En su computadora, el alumno contaba con una biblioteca virtual para realizar los trabajos que se le encargaran, los cuales tenían que ser realizados exclusivamente en dicha computadora, de manera de comprobar la identidad del autor.

La institución desarrolladora de la metodología realizó ensayos con diez mil alumnos a la vez y al final comprobó que la metodología dio como resultado que los alumnos incrementaron en un cien por ciento su capacidad de aprendizaje.

Por otro lado, el hecho de que los alumnos recibieran su educación en sus hogares solucionó el problema de la violencia escolar. Igualmente, el costo del estudio se redujo drásticamente, dado que el gran número de estudiantes permitió realizar una economía de escala favorable a los padres: el costo de matrícula o pensión era mínimo, ya no gastaban en libros, cuadernos o bolígrafos (de hecho, esto, conjuntamente con el trabajo de oficina virtual, prácticamente desapareció las industrias de papel, bolígrafos e imprenta).

Muchos gobiernos empezaron a adoptar esta metodología, aunque en algunos países se generó una fuerte resistencia a su instalación, en particular por los docentes, quienes consideraban que eran los principales afectados por esta nueva metodología de enseñanza, ya que, en la práctica, los eliminaba del sistema.

Sin embargo, en esos mismos países se consideraba que los docentes, con el paso del tiempo, se habían convertido en parte del problema de la baja calidad de la enseñanza, ya que, como se mencionó, el alto costo de capacitación permanente, que los docentes exigían que estuviera a cargo del Estado, así como exigencias sindicales imposibles de atender, que conllevaban a permanentes interrupciones de las clases debido a paralizaciones de los docentes, con el consiguiente perjuicio de los alumnos, llevaron a que la opinión pública, en especial los padres de los alumnos, estuvieran a favor del cambio.

En algunos otros países, esta adopción fue lenta, en especial en los menos desarrollados, en donde las carencias de infraestructura (eléctrica e internet) impidieron su implementación de manera general en toda la población en edad de estudiar. Sin embargo, muchos de dichos gobiernos empezaron a realizar acciones tendentes a solucionar estos problemas, convencidos de que, de no hacerlo, su retraso con respecto a las otras naciones se profundizaría.

Y, como siempre, hubo algunas otras naciones que no hicieron nada por variar el método tradicional de enseñanza.

Para el 2050, se podía decir que, salvo algunas excepciones, el método de enseñanza tradicional había prácticamente desaparecido.

Con el paso de los años se fue sofisticando esta enseñanza. El desarrollo de la realidad virtual y de la IA permitió el abandono del teclado físico y del profesor real.

Asimismo, reconociendo que no todos los estudiantes tienen las mismas capacidades (cosa que la enseñanza tradicional conocía pero que no podía solucionar, limitándose a enseñar lo mismo a todos los alumnos), la enseñanza virtual permitió realizar una enseñanza diferenciada en función a las capacidades del estudiante, ya sean menores o mayores al promedio (cosa que en este último caso hubiera agradecido Albert Einstein, considerado el científico más importante del siglo XX, y que fue expulsado del instituto por sus bajas notas).

El 2060 encontró al mundo con una revolución total en el campo de la educación, y expertos apuntaban que en los años siguientes continuarían produciéndose avances en este campo.

Capítulo IV
Los deportes

Un rasgo distintivo de los animales, incluidos los humanos, es la competencia. Los animales compiten por el alimento, por el territorio, por el dominio de la manada e incluso por el apareamiento. Este rasgo competitivo es realizado sin que medien sentimientos previos o posteriores. La competencia es efectuada por una necesidad presente y, una vez satisfecha, las partes intervinientes superan el hecho sin buscar revancha.

En lo que se refiere a los humanos, la competencia también es un rasgo intrínseco a su ser y la historia de la humanidad nos da incontables ejemplos de este rasgo:

- En la prehistoria, los humanos competían con los animales y con otros humanos por el territorio de caza y recolección.
- Más adelante, competían entre sí por los terrenos para el cultivo.
- Cuando se desarrolló el comercio, competían por el control de las rutas comerciales.
- Con el desarrollo de las ciencias, compitieron por el control y uso de estas.
- Toda la historia del desarrollo de la tecnología está basada en la competencia.

Contrario a los animales, en el ser humano la competencia se complementa, se nutre y se motiva por las emociones o sentimientos, algunos positivos (como el orgullo, la gloria, el honor, la fama) y otros negativos (como la envidia, la ira, el rencor, la frustración, la revancha).

Se puede decir, sin error, que todas las guerras sufridas a lo largo de la historia tienen como base subyacente la competencia: se iniciaron guerras compitiendo por territorios, por recursos e inclusive por ideas (en muchos casos por todas en conjunto), y en todas ellas el componente emocional o sentimental estuvo presente.

La humanidad nunca supo cómo canalizar este rasgo de manera positiva, aunque, inconscientemente, el desarrollo de los deportes de competencia ayudó en este rasgo.

En un principio, estos deportes casi eran una réplica de la guerra; todos los sentimientos, positivos y negativos, estaban inmersos en la competencia, y ello incluía no solo a los competidores, sino también a los espectadores.

Los encargados de la organización de los diferentes eventos deportivos entendieron que no solo bastaba con las reglas de juego, sino también con normas de conducta para todos los participantes, jugadores y espectadores.

Para el siglo XXI, todos los deportes incluían estas normas de conducta para el evento deportivo que se realizara, que se podía resumir en el respeto a las reglas y al rival.

El advenimiento de la educación virtual (implementado entre el 2035 y 2050) trajo también algunos aspectos que fue necesario considerar:

- La educación virtual limitaba la interacción social de los menores a, prácticamente, solo interrelacionarse de manera presencial con su parentela directa.
- Igualmente, la actividad física de los menores era bastante limitada, ya que en sus ratos de ocio se dedicaban a juegos virtuales en su computadora.
- Por otro lado, las infraestructuras de las escuelas quedaron abandonadas por falta de uso.

Como solución al problema, se estableció la obligatoriedad para el alumno de practicar un deporte de competencia, para lo cual todas las escuelas fueron transformadas en centros deportivos. Los alumnos acudían a dichos centros dos veces por semana para practicar el deporte escogido. Cabe señalar que, a fin de evitar el mismo error que la enseñanza tradicional (se les enseñaba a todos lo mismo, sin tener en cuenta sus diferentes capacidades intelectuales), se estableció una evaluación inicial en donde se determinaba qué deporte podía escoger el alumno, en base a alternativas que tenían en cuenta sus capacidades físicas. El alumno inicialmente aprendía todas las alternativas y finalmente escogía la que más le agradara.

Lo primero que se enseñaba era la filosofía del deporte competitivo (basado en la filosofía de las antiguas artes marciales del extremo oriente de Asia). El alumno aprendía conceptos como: disciplina, honor, respeto al rival, valor, control del cuerpo y manejo de la victoria y de la derrota (en otras palabras, control de los sentimientos y emociones).

Los alumnos que tuvieran un destacado desempeño en los deportes podían acceder a un régimen especial de estudios (solo a partir de la universidad) que les permitiera acceder al deporte profesional y continuar sus estudios. En general, si bien no era obligatorio, se alentaba a que todos los deportistas profesionales tuvieran un grado universitario o técnico.

Los deportes profesionales de alta competencia continuaron gozando del aprecio de las multitudes, tanto de manera física como a través de otros medios audiovisuales. La tecnología permitió desarrollar deportes virtuales (no confundir con juegos virtuales), que permitían la práctica deportiva en ambientes reducidos, casi con los mismos beneficios del deporte en campo abierto.

Por su capacidad de generación de empleo, sobre todo en la población más joven, muchos gobiernos propiciaron políticas deportivas amplias que ayudaran a masificar la práctica del deporte de competencia. Para el año 2060, se podía considerar que más del 30 % de la población joven del planeta tenía un empleo relacionado directa o indirectamente con un deporte de competencia.

Aunque todavía era muy temprano para asegurar ello de manera concluyente, los estudios realizados hasta esa fecha indicaban que esta política sobre los deportes competitivos había logrado disminuir la violencia social y que, en general, los conflictos se resolvieran de manera pacífica. Igualmente, para ese año, se estableció la progresiva eliminación de deportes de competencia exclusivamente masculinos, y su transformación en competencias mixtas (un logro del movimiento feminista), aunque se mantuvieron las competencias exclusivas para mujeres en algunos deportes, atendiendo a razones biológicas.

Capítulo V
La pobreza en el mundo

La pobreza en el mundo recién fue motivo de estudio y/o preocupación a partir del siglo XVII. Hasta antes de ese siglo, las clases gobernantes o gobiernos se preocupaban poco o nada sobre la condición económica o social del pueblo que gobernaban. No hay datos ciertos sobre la cantidad de pobres a nivel mundial hasta antes del siglo XX, pero se estima que en los siglos previos al XVII, más del 90 % de la población mundial se encontraba en estado de pobreza, es decir, escasamente cubrían sus necesidades básicas (alimentación, vestido y vivienda).

Con el correr de los años, debido a la implementación de las escuelas públicas, la alfabetización empezó a generar una mayor capacidad de generación de ingresos a los pobres, y el porcentaje de pobreza fue disminuyendo, pero todavía muy lentamente. Así, se estima que antes del inicio de la era industrial, a fines del siglo XVIII, el 85 % de la población mundial se encontraba en estado de pobreza.

Es recién con la primera revolución industrial que se produce un cambio notable en la producción y conlleva a una migración del campo a la ciudad, aunque no de manera masiva, en donde se instalaron las fábricas necesitadas de mano de obra.

Esta primera revolución industrial no produjo un mayor cambio en el porcentaje de pobres en el mundo, se estimaba que hacia 1820, el 80 % de la población se encontraba en estado de pobreza. Sin embargo, este periodo sentó las bases para lo que vendría después, en la segunda revolución industrial entre 1870 y 1914, en donde los adelantos científicos tales como la electricidad, la máquina de vapor y la utilización del petróleo, conllevaron a una explosiva industrialización que trajo como consecuencia una demanda creciente de mano de obra, el crecimiento económico, el incremento de los sueldos pagados a los obreros y mejoras en las ciudades, en términos de saneamiento, electrificación y vías de comunicación.

Para el año 1914, antes del inicio de la primera guerra mundial, la pobreza había disminuido al 60 %, y de no mediar esta guerra, probablemente a finales de esa década hubiera disminuido al 50 %. Acabada la primera guerra mundial, el mundo retomó su ritmo de crecimiento y, para fines de la década del 1920, se estimaba que la pobreza mundial se situaba alrededor del 50 %.

La crisis económica mundial de 1929, que se prolongó hasta mediados de la década del treinta, trajo consigo un incremento de la pobreza mundial, estimándose que se elevó hasta casi el 70 % de la población mundial. Los años anteriores al inicio de la segunda guerra mundial (1935-1938), se experimentó una ligera disminución de la pobreza mundial, la cual continuó disminuyendo, muy lentamente, a pesar de la segunda guerra mundial.

El mundo postguerra siguió experimentando un crecimiento económico acelerado, aunque con bruscas depresiones, en un movimiento ondulatorio que se ha convertido en algo casi constante. Este crecimiento económico mundial trajo como uno de sus efectos la disminución paulatina de la pobreza mundial, más aún cuando, a partir de los años 1960, la gran mayoría de países empezaron a adoptar políticas de lucha contra la pobreza más o menos exitosas, dependiendo del país y el entorno político y económico subsistente.

Así, para finales del siglo XX, se estimaba que la población en situación de pobreza alcanzaba el 35 % de la población mundial (aproximadamente 2 700 millones de personas), y de estos 1 300 millones se encontraba en pobreza extrema, es decir, 17 % de la población mundial.

Considerando que, a principios de dicho siglo, el 84 % de la población se encontraba en situación de pobreza, ciertamente se puede considerar que hubo un avance importante en la reducción de la pobreza a nivel mundial. Bajo estos auspiciosos logros, el nuevo siglo trajo la esperanza de que, de continuar esta tendencia, la pobreza extrema podría ser erradicada del planeta antes de cumplirse la tercera década del siglo.

Para el año 2015, las estadísticas indicaban que existían 800 millones de pobres extremos, y la ONU, en sus Objetivos del Milenio, estableció la Agenda 2030, en la cual su primera meta era «pobreza extrema cero» para dicho año. La ONU instó a los gobiernos a dedicar los máximos esfuerzos para establecer políticas que coadyuvaran al logro de dicho objetivo.

Preciso es decir que las condiciones económicas mundiales eran ideales para dicho logro, en la mayoría de los países se experimentaba un crecimiento del producto, con baja inflación y un comercio mundial más o menos fluido. Sin embargo, este último aspecto fue deteriorándose producto de restricciones comerciales entre países, que deterioraron el crecimiento económico.

Adicionalmente, o como consecuencia de lo anterior, las políticas asistencialistas adoptadas por muchos países empezaron a afectar las finanzas públicas de los países, lo que conllevó a un creciente déficit fiscal, que empezó a generar inflación.

Ya muchos estudiosos a lo largo de los siglos XX y XXI habían hecho notar la gran correlación entre la economía y la pobreza. Así, en un entorno de crecimiento económico y baja inflación, se experimentaba una reducción de la pobreza y, por el contrario, ante una recesión económica y alta inflación, la pobreza se incrementaba.

Por ello, el panorama económico hacia finales de la segunda década no era muy favorable para el objetivo trazado, y para complicar las cosas, la pandemia del año 2020, que obligó a una cuarentena casi mundial, tuvo como consecuencia una drástica caída del producto en casi todos los países del planeta.

Esto tuvo como consecuencia que la pobreza mundial experimentara un crecimiento, que se tradujo en índices similares a los de principios de siglo. Cierto es que, una vez finalizada la cuarentena, el mundo retomó rápidamente el crecimiento económico; sin embargo, el gran gasto experimentado durante la pandemia, así como la situación fiscal previa a la pandemia, generaron una creciente inflación que limitó el gasto necesario para cumplir el objetivo trazado con respecto a la erradicación de la pobreza extrema.

Más aún, se incrementó la guerra comercial entre las principales naciones y, por otro lado, conflictos permanentes entre naciones, que conllevaron a guerras de baja y mediana intensidad, con algunas posibilidades de escalar a mayores, fueron una constante a lo largo de esta década (conocida, posteriormente, como la Década Perdida).

Llegado el año 2030, efectivamente, no se logró el objetivo deseado, y las cifras indicaron que, prácticamente, la pobreza extrema escasamente era ligeramente menor a la cifra del 2015.

Para ese año, las guerras habían disminuido, hasta casi no existir a nivel mundial, en gran parte debido a pactos y acuerdos, sólidos en algunos casos, y precarios en otros, pero que, finalmente, tuvieron como consecuencia disminuir el gasto militar para poder ser destinado a otros fines.

A pesar de que la guerra comercial continuó, ello no afectó la reunión que se produjo en el 2031, con ocasión de la evaluación de los resultados obtenidos en las metas de la Agenda 2030.

En lo que respecta al objetivo de erradicación de la pobreza extrema, un estudio realizado sobre las acciones realizadas y los resultados obtenidos (nulos), concluyó que eventos externos conspiraron para la obtención de la meta propuesta, y que, teniendo en cuenta lo anterior, la meta sería posible de alcanzar hacia el 2050.

Por el contrario, algunos expertos y organizaciones independientes se mostraron poco convencidos del logro de esta meta en el periodo establecido. Indicaban que la pobreza extrema estaba concentrada en países cuyas deficiencias estructurales, tanto físicas (falta de energía eléctrica, vías de comunicación, hospitales, escuelas, etc.) como institucionales (calidad de educación, cobertura de salud, corrupción estatal, limitado acceso a la justicia, escasa participación ciudadana en las decisiones políticas, etc.), hacían imposible eliminar la pobreza extrema, y antes bien, esta tendería a incrementarse, de no mediar una solución a estas deficiencias.

El asunto se agravaba si, como demostraban las cifras, la pobreza relativa tendía a aumentar en la medida en que políticas de subsidio eran utilizadas para combatir la pobreza extrema. Es decir, los subsidios podían, temporalmente, reducir la pobreza extrema, pero el costo de estas iba en detrimento principalmente de la clase media, la cual era excluida de las prestaciones sociales y cargada con mayores impuestos, situación que, a la larga, conllevaría a que los estratos más bajos de esta clase cayeran en pobreza.

Por otro lado, algunos regímenes dictatoriales favorecían, con objetivos políticos, el mantenimiento de una masa pobre sujeta a los dictados del gobierno de turno, a cambio de prestaciones y subsidios directos.

En tal sentido, estos estudiosos consideraban que la única manera en que la pobreza extrema sea eliminada del planeta es con un verdadero desarrollo de las naciones más pobres, y para ello era necesario un real compromiso de la comunidad internacional, sin tratar de sacar provecho de los recursos existentes en estas naciones.

En los años siguientes, los debates continuaron, y recién durante la segunda mitad de la década del 40, cuando era evidente que la meta de «0 pobreza extrema» para el 2050 no se llegaría a alcanzar, por fin la comunidad internacional se puso de acuerdo en un plan para el desarrollo estructural de las naciones más pobres, estableciendo un fondo no reembolsable de 100 mil millones de dólares, destinado a las diez naciones con mayor pobreza extrema del planeta.

Las mejoras en las finanzas mundiales, con el establecimiento de la moneda digital, permitieron realizar un prolijo seguimiento del gasto, lo cual evitó la corrupción en el aparato estatal destinado a realizar las obras (lo que había sido el gran problema durante décadas).

Algunos problemas surgieron con algunos gobiernos que, utilizando un nacionalismo extremo, rehusaron participar en el programa, considerándolo como una nueva forma de colonialismo. Sin embargo, 6 de las diez naciones seleccionadas aceptaron su participación en el mismo, el cual se empezó a implementar a principios del 2050.

Los diseñadores del programa estimaban que, de no mediar inconvenientes externos, se conseguiría solucionar las deficiencias estructurales físicas entre 5 y 10 años. Las deficiencias institucionales, por su propia naturaleza, tardarían un poco más, aunque el plan contemplaba una incidencia mayor en los temas de salud y educación durante los primeros años. Los temas de justicia, mejora de la calidad del aparato estatal, seguridad ciudadana y otros, si bien también se iniciarían como todos los otros aspectos, era claro que, por su propia naturaleza, tardarían más tiempo en observarse resultados.

El año 2060 encontró a las naciones poniendo su máximo esfuerzo en eliminar la pobreza extrema en los seis países, y con los otros países pobres a la expectativa de los resultados que se consiguieran.

Por otro lado, en lo que respecta a los pobres relativos, si bien la cifra mundial se redujo en algo, todavía seguía afectando a casi el 20 % de la población mundial (con las ya conocidas oscilaciones, mayormente hacia arriba), y sobre ella no existían políticas internacionales a ser ejecutadas. Cada nación se encargaba individualmente de este tema, y las soluciones (o mejor dicho, las propuestas de solución), eran tan disímiles, incluso entre países similares, que no se vislumbraba una solución a este problema.

No era extraño, por ello, que a nadie se le ocurriera plantear un mundo sin pobreza.

TÍTULO III

La vida corriente en el 2084

REALIDAD ALTERNA I
Esplendor

Capítulo I
Bruce

Bruce se tomó un descanso en su labor frente a la pantalla virtual de su ordenador de pulsera; se sentía satisfecho sobre las inversiones que había realizado y juzgó que se merecía un descanso, luego de las tres horas en que estuvo inmerso en los análisis de datos, tendencias, correlaciones y todos los otros factores (incluyendo hasta el clima), que le permitieran pronosticar un precio sobre los activos en los que pretendía invertir.

La IA (Inteligencia Artificial) le permitía acelerar la recolección y el procesamiento de los datos e, inclusive, pronosticar el movimiento de precios que él pretendía estudiar; sin embargo, siempre había algunos elementos que, por su propia naturaleza, la IA no podía predecir, básicamente el comportamiento humano, lo que hacía la diferencia entre los buenos analistas y los superiores.

La competencia era feroz, aunque, gracias a la educación recibida, rara vez comprendía malas prácticas (por no decir nunca).

La educación de Bruce no fue distinta a la de cualquier otra persona de su edad; a los 6 años empezó a recibir sus primeras clases virtuales, que comprendían básicamente cursos de lectura, escritura, matemáticas y educación para la vida. En los primeros se enseñaba a leer y escribir, aunque esto último solo para conocimiento general, dado que la escritura manual había desaparecido hacia fines de 2039 y los teclados a principios del 2060, cuando el clásico ordenador, que comprendía una unidad de teclado, pantalla y un ordenador integrado o no al aparato, fueron reemplazados por un ordenador virtual, que ejecutaba los comandos mediante la voz del usuario.

El curso de Educación para la vida enseñaba al niño la forma de comportarse con las otras personas y con la sociedad; se le enseñaba sus derechos y obligaciones y el respeto a las personas y las normas establecidas.

Paralelamente, Bruce acudía al centro deportivo cercano a su domicilio, a veces trotando, a veces en bicicleta (curioso que este vehículo se hubiera mantenido casi sin variaciones en más de doscientos años), para su entrenamiento físico y filosofía del deporte competitivo.

Entre los 6 y 8 años, todos los alumnos recibían una educación similar, mientras eran evaluados a fin de determinar sus capacidades y habilidades mentales y físicas, de manera de establecer la educación adecuada a estas capacidades y habilidades.

Bruce tenía la capacidad intelectual promedio y sus habilidades físicas eran normales, por lo que cursó los estudios que siguieron casi el 80 % de los alumnos. De entre los varios deportes competitivos que le dieron a escoger, eligió el tenis de campo, ya que podía practicarlo al aire libre y le permitía mejorar su control de las emociones.

La vida escolar transcurrió y terminó para Bruce sin nada excepcional que recordar, y se encontró en la edad de decidir qué hacer a continuación. Gracias al seguimiento que se hacía a cada uno de los estudiantes durante sus años de estudio, el sistema podía alcanzar a los estudiantes diferentes alternativas para su desarrollo laboral, en base a sus capacidades y habilidades desarrolladas en esos años de estudio.

Entre las múltiples alternativas que le alcanzaron, Bruce eliminó todas aquellas que se referían a trabajos técnicos en campo (dado que había demostrado un gusto por actividades al aire libre, y un buen grado de interacción social), ya que, si bien era cierto lo que los análisis indicaban, él particularmente no se veía haciendo ese tipo de trabajos.

Los estudios sobre él también indicaban que era un ávido lector (en especial de literatura de ficción), tenía facilidad para expresarse por escrito y, sin ser excepcional, tenía buenas capacidades para analizar datos y, en base a estos análisis, realizar pronósticos sobre el desempeño de estos datos.

Dentro de las alternativas que consideraban estas habilidades, Bruce eligió seguir estudios universitarios en la carrera de Economía con énfasis en Estudio y Análisis de Mercados de Capitales.

Bruce consideraba que esta carrera era ideal para sus capacidades, al ser el mundo más predecible, ya que la economía y comercio mundial estaban más ordenados (a mediados del 2065 los países se habían puesto de acuerdo sobre el uso de una única moneda digital para el comercio mundial, y el uso generalizado de las monedas digitales locales en los países del mundo transparentaban las transacciones).

Gracias a lo anterior, la conflictividad mundial disminuyó apreciablemente y, por ello, el azar político, que anteriormente siempre había afectado a los valores, pasó a ser un factor que, aunque siempre había que tomar en cuenta, no era determinante en el cálculo de incertidumbre.

Sobre esto, Bruce había aprendido sobre las crisis económicas internacionales, las cuales, directa o indirectamente, estaban ligadas a los conflictos políticos anteriores o durante la crisis.

Aprendió sobre la crisis de las bolsas de valores en 1929, generada por la bonanza en algunos países, luego de la primera guerra mundial y que provocó una crisis económica mundial. Luego la crisis petrolera de los 70s, que provocó estanflación a nivel internacional. La crisis de la deuda de los 80s y la crisis financiera de finales de los 90s.

Ya en el siglo XXI, una nueva crisis de valores iniciada en el 2008 y la crisis económica mundial en la llamada década perdida de los años 20s, en la que se combinaron desastres naturales, emergencias sanitarias, recesión, inflación, disminución del comercio mundial y conflictos armados en varias regiones del planeta (no solo entre naciones, sino también internos en varios países de América, Europa, África y Asia, que incluso escalaron al nivel de guerras civiles).

En este panorama, muchos perdieron totalmente sus inversiones y ahorros (en la crisis de 1929, incluso varios inversores se suicidaron), y como resultado de estas crisis, poco a poco se fue gestando una concentración financiera en grandes corporaciones (en el siglo XXI, algunos analistas mencionaban que las crisis y los conflictos eran, de una u otra manera, provocados por estas corporaciones a fin de obtener ganancias, aunque esto no pudo ser fehacientemente demostrado).

Sin embargo, gracias a la adopción de las monedas digitales por parte de los gobiernos, y las características de ellas (seguridad, transparencia y trazabilidad), las finanzas internacionales se volvieron más predecibles, y como consecuencia de ello, disminuyó la conflictividad y la incertidumbre asociada a ella.

Estos estudios convencieron a Bruce de lo acertado de su elección y se dedicó con verdadero ahínco a sus estudios.

Los duros tres años que siguieron fueron recompensados por una unánime aprobación a su exposición final sobre lo aprendido y su aplicación en el mundo real (la vieja metodología de elaboración de una tesis, ya había quedado en desuso hacía mucho tiempo).

Al culminar la carrera, su primer trabajo lo llevó a una compañía dedicada a inversiones en empresas de alta tecnología, y luego fundó con algunos amigos, una empresa similar, aunque con mayor énfasis en empresas tradicionales, ya que consideraron que, si bien el mercado de la tecnología era lo que marcaba el derrotero de la economía, la abundancia de empresas dedicadas a inversiones en este campo, había llevado al mercado casi hasta la saturación.

En cambio, en el mercado tradicional todavía existía campo para el desarrollo de empresas que aportaran elementos novedosos en su desempeño, y por lo tanto inversiones en esta área podían generar interesantes réditos.

Así, a los 23 años, ya era dueño, conjuntamente con otros cuatro socios, de una compañía que le permitía obtener un ingreso suficiente para llevar una vida cómoda.

Por esas fechas, conoció a la mujer con la que hacía poco se había casado (lo cual era poco común para la época, en donde los matrimonios por lo general se producían pasados los 35 años de edad).

Bruce, sin embargo, pertenecía a una familia en donde sus padres, abuelos y bisabuelos, se casaron antes de los 25 años, y tuvieron hijos casi enseguida, lo que le permitió conocer a sus antepasados de manera directa (muchas veces su bisabuelo le contó historias antes de dormir), y él quería que su hijo disfrutara también de estos momentos, que él consideraba tan satisfactorios. Por suerte, casualidad o coincidencia, la mujer de la que se enamoró también provenía de una familia similar y el acuerdo matrimonial entre ellos surgió de manera natural.

El tema de tener hijos y criarlos, no revestía problemas, dado que el trabajo virtual, que ambos realizaban, lo hacían en su casa. Él, al ser socio de su empresa, podía dedicar el tiempo que juzgara oportuno para sus labores, y ella, si bien trabajaba en una empresa, las normas del trabajo virtual establecían que cada persona trabajaba por objetivos a alcanzar y no por horas trabajadas. En tal sentido, cada trabajador era libre de disponer cuanto tiempo dedicaba a su trabajo y cuando lo realizara, siempre que cumpliera con los objetivos (diarios o semanales) que la empresa estableciera.

Así era fácil para ellos establecer un turno para la atención de su futuro vástago, acordando que, cuando él trabajaba, su esposa atendía al bebé y viceversa.

Las tendencias de la época eran tener un solo hijo, pero ellos, que habían tenido varios hermanos, no estaban muy de acuerdo con esta tendencia.

Cuando comunicaron a sus familias el primer embarazo, ante la pregunta de cuántos más pensaban tener, Bruce, parafraseando a Arthur C. Clarke (su autor de ficción favorito), dijo «todavía no estamos seguros de cuántos tendremos en el futuro, pero ya se nos ocurrirá algo».

Capítulo II
Evelin

Evelin siempre se consideró un espíritu libre, desde pequeña era inquieta, siempre activa, curiosa y desenvuelta. Para ella, las clases virtuales que la obligaban a estar quieta durante tres o cuatro horas eran, si no un suplicio, un verdadero aburrimiento.

En cambio, sus clases en el centro deportivo eran todo lo contrario. Ella anhelaba con ferviente interés la llegada de esos dos días en los que acudía a dicho lugar y realizaba, con un entusiasmo casi desbocado, los diferentes ejercicios que se le encargaban.

Era muy buena estudiante; su capacidad intelectual era superior al promedio y no tuvo ningún problema en sus clases. Sin embargo, se notaba claramente que su interés principal eran las actividades al aire libre y no las estacionarias encerrada en casa (según ella decía).

En la educación tradicional (es decir, la existente hasta antes de la educación virtual) era común que los profesores dejaran tareas que los estudiantes debían realizar en sus casas. Muchos decían que estas tareas tenían como único objetivo mantener ocupados a los alumnos en sus hogares, y que, con el transcurrir del tiempo, tuvieron como efecto bajar la calidad del profesorado (lo cual muchos padres comprobaban, cuando al ayudar a sus hijos notaban que parecía no tener idea de lo que se le pedía que hiciera).

En la educación virtual no había tareas. El método de la evaluación al final de la clase a cada uno de los alumnos (imposible en la educación tradicional, pero muy sencillo de realizar en la educación virtual gracias a la IA instalada en cada ordenador) facilitó este cambio. Sin embargo, el alumno no quedaba liberado de la escuela, ya que estaba obligado a seguir actividades extracurriculares, las que podía llevar a su libre elección.

Clases de música (en todas sus variantes: tocar un instrumento, cantar, bailar), de arte (todas las imaginables: pintura, escultura, escénicas, etc.); ciencias naturales (agricultura, zootecnia, piscicultura, etc.) y muchas otras alternativas estaban a disposición de los alumnos.

Todas estas actividades eran, cuando ello era posible, realizadas de manera virtual. El desarrollo de esta tecnología permitía que el alumno pudiera, por ejemplo, tener a su disposición un piano virtual donde aprendiera a tocar este instrumento (ya para esas fechas, los visores virtuales habían evolucionado de tal manera que casi no tenían diferencia con unos lentes tradicionales los que, dicho sea de paso, muy pocos usaban debido a los adelantos en cirugía refractiva).

Dentro de las alternativas existían también actividades deportivas, que se podían realizar de manera virtual aunque, dependiendo del deporte a escoger, también se podía realizar de manera presencial, y esto último, naturalmente, fue lo que escogió Evelin.

Desde que descubrió los deportes, Evelin deseó convertirse en una profesional en esta actividad. Ella era ambidiestra y ello le facilitaba la práctica de deportes en donde el uso de sus dos manos o sus dos pies, con la misma habilidad, crea una ventaja competitiva.

Se decidió por el fútbol, tanto por su habilidad con las dos piernas, como por el hecho, más importante para ella, de que era una actividad presencial.

Desde un inicio prefirió el fútbol mixto; en esa época, gracias a los avances en la igualdad de oportunidades entre hombres y mujeres y a la evaluación sobre las habilidades físicas que se realizaba en los dos primeros años de escuela, se estableció que todos los que elegían esta alternativa estaban en capacidad de practicar el fútbol mixto, lo cual era obligatorio hasta los 12 años. Pasada esa edad (y atendiendo a criterios exclusivamente biológicos), se permitía también la práctica de fútbol exclusivamente para mujeres.

Acudía tres veces a la semana a sus prácticas de fútbol y los otros días eligió como actividad extracurricular inicialmente la agricultura, pero cuando tuvo 12 años varió a la oratoria (pensaba que si, por alguna razón, no podía convertirse en una jugadora profesional, entonces se dedicaría a ejercer de abogada y esto le podría ayudar en su carrera).

Esta última decisión la tomó simplemente como una alternativa extrema, y se decidió por esta carrera porque pensaba que sería difícil que la IA sustituyera a estos profesionales, como había ocurrido con los contadores, arquitectos, ingenieros estructurales, matemáticos y otros, a los que la IA había reemplazado con ventaja.

Con su futuro decidido en su mente, Evelin culminó satisfactoriamente sus estudios básicos y, gracias a su buen desempeño deportivo, fue contratada para jugar en el equipo juvenil del equipo de la localidad, a cuya sede acudía en el servicio de taxi sin chofer de su zona (los autos ya no eran conducidos por personas, sino por un sistema de navegación automatizado).

Estaba próxima a cumplir los 17 años y sus sueños se estaban convirtiendo en realidad. Se matriculó también en la facultad de derecho de la universidad local, e inició sus estudios a los 18 años.

En ese mismo año, Evelin ejerció por primera vez su derecho al voto, aunque no tenía que decidir sobre opciones extremas, como sus abuelos y algún tiempo sus padres, ya que los avances tecnológicos aplicados a la economía nacional (como por ejemplo la eliminación de los bancos centrales, y su reemplazo por una IA, que regulaba la emisión monetaria mediante criterios exclusivamente económicos, y no políticos), hacía que las opciones fueran, simplemente, diferentes matices de un mismo modelo.

Los cuatro años de estudios normales para cualquier estudiante, para ella fueron cinco, debido al tiempo dedicado al fútbol, pero ello era natural en cualquier deportista, ya que la carga de cursos era un poco menor al habitual para un estudiante de tiempo completo.

La IA era de una gran ayuda para los estudiantes, ya que facilitaba la tarea de investigación, lo que permitía un mayor espacio de tiempo para otras actividades, pero para el caso de deportistas, siempre el tiempo era apretado.

La IA ayudaba incluso en la alimentación, ya que seleccionaba la dieta indicada de acuerdo con las necesidades y consumo de energía de los deportistas. Sobre este tema, cabe mencionar que desde muchos años antes, la gente común prácticamente había abandonado el hábito de prepararse sus alimentos; la IA seleccionaba la dieta adecuada para cada uno de los miembros de la familia y su preparación era realizada diariamente por el proveedor local, quien la entregaba a domicilio en envases reutilizables (normalmente un vidrio irrompible), los cuales eran devueltos al día siguiente, conjuntamente con los restos no consumidos (los cuales eran utilizados para producir abonos). De esta manera se procuraba reducir la cantidad de desechos orgánicos y no orgánicos.

A los 23 años, Evelin se graduó de abogada y ya en ese tiempo era parte del plantel de jugadores del equipo local, con una interesante propuesta de un equipo de la liga nacional (propuesta que había recibido un año antes, pero que logró postergar indicando que prefería acabar sus estudios, a fin de dedicarse a tiempo completo al deporte).

Se comprometió con uno de sus compañeros de equipo, y juntos decidieron que en futuro serían profesores de deportes, él en cuanto acabara su contrato (hacia el 2087) y ella en cuanto considerara su retiro del fútbol profesional (posiblemente a los 32 años).

Con su presente y futuro decididos, Evelin vio cumplir sus 24 años jugando sus primeros partidos en la liga nacional de fútbol y pensando que su siguiente paso sería jugar en alguno de los equipos más prestigiosos del mundo.

REALIDAD ALTERNA II
Penumbra

Capítulo I
Bruce

A comienzos del 2078, Bruce estaba próximo a cumplir 18 años. Entre sus estudios de bachillerato en la escuela virtual y la práctica del tenis, que había escogido como deporte de competencia según las normas establecidas para todos los estudiantes, la pubertad pasó sin nada digno de ser extrañado o siquiera recordado. De pronto, los estudios habían concluido y se encontró en ese periodo de la juventud, próximo a la mayoría de edad, en que la incertidumbre sobre su futuro se cierne sobre casi todos los jóvenes.

La IA, que le asistía en su bachillerato, le había presentado diferentes alternativas, tanto de estudio como de trabajo, pero era él quien tenía que decidir qué hacer en el futuro. Bruce quería, al igual que sus padres lo hicieron, seguir estudios universitarios en la carrera de economía y, al culminar, unirse a la empresa de inversiones que sus padres tenían. Sin embargo, las dificultades económicas que experimentaban le hacían dudar de si esta elección era la más adecuada.

Bruce era el mayor de cuatro hermanos y, si bien la educación no representaba un gasto importante (dado los bajos costos de la escuela virtual), notaba que los ingresos familiares escasamente cubrían las necesidades básicas, dejando en alguna ocasión o temporada algún ingreso extraordinario que les permitiera algún lujo impensado.

Bruce venía de una familia que, por tradición, tenía varios hijos (por lo menos tres, aunque lo usual eran cinco), y él quería seguir esta tradición, pero no en las condiciones de la suya, por lo que se decidió a hablar con sus padres respecto a su carrera.

Al inicio de la conversación, sus padres le dejaron en claro que la decisión de su futuro era enteramente suya, y que ellos se limitarían a contarle por qué eligieron su carrera. Ellos se conocieron a los 16 años (es decir, en el 2052) durante la práctica de un deporte de competencia. Se enamoraron y juntos decidieron seguir la misma carrera: Economía.

Notaron que los adelantos tecnológicos en las finanzas, sumados a la IA, estaban produciendo el efecto de dejar obsoletas algunas profesiones que antes eran consideradas imprescindibles. Por ejemplo, en el caso de la contabilidad, la adopción de la moneda digital, sumado a la simplificación de los impuestos a uno solo, y la eliminación de exoneraciones, hicieron innecesarios a los contadores tributarios, ya que, en cada transferencia, el sistema calculaba y debitaba automáticamente el impuesto.

Igualmente, al incrementarse los ingresos fiscales, se eliminaba el déficit y, por lo tanto, la necesidad de endeudamiento del Estado (en algunos países se prohibió constitucionalmente el endeudamiento del gobierno, y en otros se limitó la fecha de vencimiento a tres meses antes de la asunción del nuevo gobierno, de manera que el nuevo gobierno iniciara su gestión libre de deudas). En el caso de la emisión monetaria, se estableció que el Banco Central (algunos países eliminaron el Banco Central y los sustituyeron por una IA) sólo pudiera regular la masa monetaria en función del avance o retroceso de la economía real.

En el comercio mundial, se habían iniciado conversaciones para contar con una única moneda de intercambio internacional (ya que existían dos en el 2052), y todos los expertos indicaban que la adopción de una moneda única (libre de intervención de cualquier autoridad monetaria) era un hecho inevitable por los beneficios que traería al comercio mundial.

Estos hechos y los pronósticos sobre el futuro de la economía internacional fueron los que convencieron a sus padres de estudiar economía. Por un lado, las finanzas nacionales e internacionales serían más predictibles, y la IA, si bien podía juntar y analizar matemáticamente infinidad de datos, jamás sustituiría ese factor humano tan imprescindible en la tarea de racionalizar los mismos.

Con estas ideas en mente, estudiaron economía, al finalizar fundaron su empresa de inversiones, se casaron y tuvieron su primer hijo (él) en el 2060, y los otros tres un poco más adelante. Sin embargo, para fines de la primera mitad de la década del 60, todos los pronósticos (y sus esperanzas) se fueron por la borda.

Los países nunca se pusieron de acuerdo en establecer una única moneda para las transacciones mundiales, y el mantenimiento de dos monedas, que inicialmente dificultaba algo las transacciones, fue, con el paso del tiempo, generando mayores dificultades. Las naciones más poderosas de ambos lados empezaron a ejercer presión para que las naciones con menor poder económico evitaran comerciar con el otro bloque.

Los bloqueos económicos, las sanciones comerciales e inclusive conflictos armados (disfrazados de étnicos, religiosos, territoriales, pero en el fondo todos por razones económicas) convirtieron la economía mundial en un caos. Los grandes grupos de poder manejaban las finanzas internacionales a su antojo, y los inversionistas menores o pequeños, como sus padres, estaban al vaivén de lo que decidieran, procurando recoger migajas de sus restos.

En lo que respecta a la economía nacional, se podía pensar que, gracias al establecimiento de la moneda digital, casi había desaparecido la corrupción estatal y, por lo tanto, los candidatos al gobierno tenían únicamente interés de gobernar para el bienestar general. Sin embargo, en muchos países (incluido el suyo) la realidad fue otra.

Los gobiernos empezaron a realizar políticas asistencialistas, mediante la entrega de ayuda económica para los más pobres (que cada año eran más), y que finalmente se convirtieron en un chantaje político a la población (algunos lo llamaban, eufemísticamente, clientelaje).

Dada la bonanza de las finanzas públicas, estos países establecieron altos sueldos (rayanos con la grosería) para los principales funcionarios del Estado (ministros o secretarios de estado, viceministros, intendentes, gobernadores, directores, asesores, etc.). Adicionalmente, contaban con otras prestaciones (seguro médico para el funcionario y toda su familia directa, con cobertura al 100 %; auto nuevo cada año, con combustible y chofer incluidos, etc.), convirtiendo de esta manera en potentados a estos funcionarios.

Por otro lado, en algunos países (como el suyo), el aparato estatal creció de manera exorbitante, hasta tal punto que más del 30 % de la población económicamente activa trabajaba para una dependencia del estado. Y de estos, más del 70 % eran miembros del partido de gobierno.

En este contexto, dado ese clientelaje, el partido de gobierno tenía asegurada siempre la elección de su candidato, por muy mal que fueran las cosas.

Y de verdad, habían empezado a ir mal. Para cuando Bruce se reunió con sus padres (2078), la inversión privada y el empleo privado estaban en descenso permanente y, como consecuencia, la recesión de la economía estaba produciendo una acelerada caída de los ingresos fiscales. Como quiera que el gobierno (o los gobiernos) no estaban dispuestos a reducir el gasto en sueldos, ni en subsidios (a fin de mantener su clientelaje), el gasto de inversión se había reducido a casi cero.

En tal sentido, las perspectivas no eran nada halagüeñas y Bruce comprendió que, estudiara lo que estudiara, mientras las cosas siguieran igual, no tendría ningún futuro en su país. Aunque la situación mundial tampoco era de las mejores (los conflictos económicos y sociales internos y externos en muchos países del mundo eran cosa permanente), siempre sería mejor que en un país que, a su criterio, estaba en camino, por propia voluntad, a su decadencia como nación.

Se matriculó en la universidad para seguir una carrera tecnológica a regañadientes, pero con una idea en mente: en esa época, todos los desarrollos tecnológicos, en ambos bloques económicos, estaban centralizados en dos o tres países que, mediante acuerdos comerciales, ejercían un monopolio sobre estos desarrollos, impidiendo a través de sanciones comerciales, que alguna otra nación dentro del bloque tratara de desarrollar tecnologías nuevas. En tal sentido, Bruce vio esto como su oportunidad de desarrollo.

Culminó sus estudios en el 2082, entró a trabajar por un sueldo mísero en una empresa de seguridad digital, a fin de adquirir experiencia, y en 2084 se despidió de sus padres y viajó a uno de los países líderes en desarrollo tecnológico en busca de oportunidades. Su esperanza era conseguir un empleo, consolidarse económicamente, regresar a su país, casarse y tener familia (si las cosas mejoraban), pero muy en el fondo era consciente de que, probablemente, jamás regresaría.

Capítulo II
Evelin

Los sueños de Evelin nunca llegaron a convertirse en realidad. Ella, que destacaba en los deportes de competencia, siempre había querido ser una futbolista profesional, practicando el fútbol mixto (ya desde fines de la década de los 60 se había eliminado el fútbol exclusivo para hombres).

En el 2076, Evelin estaba a punto de culminar sus estudios de bachillerato (le faltaba un año), pero ya jugaba al fútbol mixto en la liga local y tenía una interesante propuesta para integrar un equipo de la liga nacional cuando culminara sus estudios secundarios. Ese mismo año, sus sueños se desmoronaron. Ella no tuvo nada que ver en esto, pero lo ocurrido en un campo de fútbol en otra localidad tuvo repercusiones nefastas en su porvenir.

En un partido de la liga de esa localidad, durante una jugada en la que dos jugadores disputaban una bola aérea, uno de ellos, en lugar de cabecear la pelota, le dio a la cabeza del rival. Quien recibió el cabezazo fue retirado del campo con diagnóstico de conmoción cerebral e internado en una clínica. El problema fue que quien recibió el cabezazo fue una mujer de 17 años, y quien lo dio fue un hombre de 22 años.

Esa misma noche, la familia recibió la visita de una abogada feminista, quien convenció a la familia de presentar una demanda de violencia de género contra el jugador, aduciendo que, en ese mismo partido, dicho jugador había disputado el balón con otros jugadores (hombres) y en ningún caso les había lesionado, sólo en el caso de la mujer.

La denuncia fue presentada al día siguiente, y esa misma noche el jugador fue detenido. En un lapso de 15 días (como establecía el código penal para la violencia de género), el jugador fue acusado, enjuiciado, declarado culpable y sentenciado a 5 años de prisión y una reparación económica.

La indignación se apoderó de todos los integrantes del equipo (hombres y mujeres), quienes se negaron a continuar jugando en esas condiciones. La fiscalía acusó a todos los hombres de discriminación por razones de género, e igualmente fueron enjuiciados y sentenciados a trabajos comunitarios. A las mujeres no se les acusó, pues según las leyes, ellas no discriminan a su mismo género.

Si la primera sentencia había inundado de combustible la pradera, la segunda fue la mecha que la incendió. Todos los hombres renunciaron a jugar al fútbol, y durante casi un año no hubo fútbol en todo el país.

Se iniciaron intensas negociaciones a fin de salvar el espectáculo, pero no había manera de llegar a un acuerdo. Los hombres aducían que el fútbol era un deporte de contacto, y que era casi normal que algún jugador resultara lesionado. En toda la historia del fútbol entre hombres, a nadie se le había ocurrido presentar una denuncia penal por una falta, por muy artera que fuera. Si las mujeres querían practicar este deporte con los hombres, no deberían ser aplicables las leyes de violencia de género ni ninguna otra que impidiera el desempeño normal de los jugadores.

Otros deportes de contacto siguieron el ejemplo, y por fin, pese al reclamo de las feministas, se estableció que las leyes de violencia de género no eran aplicables en los deportes.

Los grupos feministas arreciaron en sus críticas y protestas, y el resultado fue que la contratación de mujeres para el fútbol dejó de producirse. Lo mismo ocurrió en otros deportes de contacto.

Así las cosas, Evelin abandonó sus sueños más fervientes, y a los 18 años se matriculó en la carrera de abogado (que siempre fue su segunda alternativa).

Durante los cuatro años siguientes, se dedicó con verdadero ahínco a sus estudios y contactó a otras estudiantes que, como ella, habían sido perjudicadas por un movimiento feminista radical. Ella consideraba que efectivamente todavía existían algunas diferencias, pocas ya que el movimiento había conseguido muchos avances en el tema de igualdad, pero que en varios temas se habían excedido y ahora algunas leyes mostraban una desigualdad a favor de las mujeres.

Adicionalmente, Evelin tomó un mayor contacto con la problemática existente en otros campos de la sociedad. En educación, por ejemplo, notaba que el curso Educación para la Vida, con el paso del tiempo, se estaba convirtiendo en un adoctrinamiento nacionalista que afectaba la empatía con los extranjeros que acudían a su país en busca de trabajo. Lo mismo estaba sucediendo con la filosofía del deporte competitivo.

Por otro lado, ella notaba que la desigualdad económica y social se estaba incrementando a nivel mundial. Su país era uno de los principales desarrolladores de tecnología, pero veía que esta estaba siendo utilizada como medio de dominación en otras naciones, impidiendo su desarrollo.

Asimismo, los grandes grupos económicos, empresas multinacionales y fondos de inversión, manejaban a su antojo la economía del país, por no decir la economía mundial. Según ella pensaba, debido a esto, la conflictividad entre naciones era permanente, convirtiendo al planeta en un gigantesco campo de batalla.

Como resultado de ello, la pobreza a nivel mundial, que había experimentado un descenso luego de la década perdida, a partir de los años 60, había vuelto a elevarse. Para el 2080, el 30 % de la población mundial estaba en el nivel de pobreza y el 10 % en pobreza extrema (en términos numéricos 2 000 millones de pobres y 850 millones de personas con hambre permanente). Todo hacía presumir que las cifras continuarían en aumento.

Al culminar su carrera, ella y sus compañeras fundaron un estudio dedicado a defender a personas, mujeres y hombres (más estos últimos), afectados por leyes de género. En el 2084, formaron un movimiento feminista alternativo, a fin de procurar una real igualdad ante la ley para hombres y mujeres.

Asimismo, con hombres y mujeres que compartían sus ideas, fundaron un movimiento internacional para impulsar políticas que disminuyeran la tensión global que se vivía y que se incrementaba permanentemente.

Consideraban que los organismos internacionales habían demostrado su incapacidad para resolver los principales problemas mundiales (conflictividad, inseguridad, pobreza), y que era necesario un cambio profundo en ellos a fin de resolver realmente los problemas.

En tal sentido, el movimiento propugnaba un cambio desde adentro en dichos organismos, ya que las protestas públicas habían demostrado su ineficacia a lo largo del tiempo.

Evelin pensaba que la situación mundial estaba próxima a un punto de no retorno y que, a menos que se tomaran medidas, un conflicto mundial con consecuencias impredecibles era inevitable.

Epílogo

Las vidas alternativas de Bruce y Evelin nos evidencian que no es enteramente cierto que cada uno es arquitecto de su propio destino. Nuestro porvenir está sujeto al ambiente en el que vivimos (social, cultural, económico y político), y nuestras decisiones están basadas en ese escenario.

Cuando el escenario es favorable, podemos desarrollar todas nuestras potencialidades y tener la posibilidad de materializar nuestros deseos. Por el contrario, ante un escenario desfavorable e incluso hostil, nuestras decisiones están basadas más en nuestro primitivo instinto de supervivencia que en nuestro racional deseo de progreso.

Desde los inicios de la historia humana, el progreso se basó en la capacidad para modificar el ambiente, ayudado por los avances científicos, tecnológicos y sociales que contribuyeron a crear ese ambiente favorable. Lamentablemente, fue el propio ser humano quien, ayudado también por esos avances, creó ambientes desfavorables para el progreso.

Bruce y Evelin son un ejemplo de lo anterior: en un ambiente favorable logran plasmar sus deseos y progresar en base a ello. Sin embargo, en un ambiente desfavorable, no les queda otra cosa que adaptarse a la realidad, postergando o abandonando sus aspiraciones.

Corresponde, entonces, que el ser humano utilice sus habilidades no solo para crearse un ambiente favorable para el progreso, sino también para evitar crear ambientes desfavorables.

Los avances científicos, tecnológicos y sociales son la clave para la creación de ese ambiente favorable, y como se muestra en algunas de las crónicas, estos cambios se pueden realizar sin necesidad de recurrir al conflicto o la violencia.

Sin embargo, hay que ser cuidadosos y vigilantes acerca de estos adelantos; existen muchas cosas buenas creadas o por crearse, pero como muchas veces ha ocurrido a lo largo de la historia de la humanidad, el uso desmedido o mal uso de estas puede conllevar daños que hagan pensar que, haciendo un balance entre los resultados buenos y malos del uso de estos avances, mejor hubiera sido no ponerlos en práctica.

Como se dice, para que las cosas buenas ocurran hay que esforzarse para ello; las cosas malas ocurren sin mayor esfuerzo o simplemente sin hacer nada. Y hay que tener en cuenta que, aunque resulte trágico decirlo, la creatividad humana para el mal es como el universo, no tiene límites.

Palabras finales

Durante la revisión de esta obra, se recibieron algunas sugerencias, críticas e inquietudes sobre ciertos aspectos de esta.

Una de las principales fue: ¿qué pasa con los personajes después del 2084, sobre todo en el escenario II? La respuesta es: esta obra se titula 2084 porque retrata escenarios hasta esa fecha. Lo que sucede en adelante sería materia de otra obra, ya totalmente de ficción, en donde, en un escenario de incertidumbre como es la Realidad Alterna II, cualquier cosa es posible y daría pie a diversos escenarios alternativos, conforme las cosas mejoraran o empeoraran. Por el contrario, en la Realidad Alterna I, las cosas serían más lineales y, por lo tanto, más predecibles.

Otro de los comentarios es que no se han tocado multitud de otros temas que también tienen influencia en el desarrollo, como la salud, los movimientos migratorios, los movimientos independentistas o separatistas, avances científicos en los campos de la física y muchos otros aspectos. Efectivamente, faltan bastantes temas por desarrollar, y es intención del autor poder hacerlo en el futuro.

Aunque, si el propósito de esta obra se cumple, aunque sea mínimamente (lo cual es propiciar la polémica y debate sobre la situación actual y el posible desarrollo en los próximos años), es posible que algunos temas, o todos ellos, sean desarrollados por otros autores y, muy probablemente, con mejor calidad que la de la presente obra.

De ser así, la tarea estará cumplida, y corresponderá a esta generación y a las venideras forjar y gozar, o soportar, el futuro que sus acciones merezcan.